彼女を言い負かすのはたぶん無理

著・うれま庄司
イラスト・しらび

本郷桐彦《ほんごうきりひこ》
勇人《ゆうと》
桜井《さくらい》祐也《ゆうや》
新村《にいむら》希《のぞみ》
橘《たちばな》詩織《しおり》
郡山《こおりやま》健吾《けんご》

九重崎愛良《くえざきあいら》

彼女を言い負かすのはたぶん無理

彼女を言い負かすのはたぶん無理　もくじ

人生は平凡だ。

マンガやアニメみたいな、毎日がお祭り騒ぎの高校生活は存在しない。

奇人変人ばかりが集まって友達を募集する部活もないし、世界を大いに盛り上げるんだか助けを求めてるんだかわからない団体も存在しない。もちろん試験結果をＭＰにして召還獣を呼ぶ学校だってない。

あるのはごく普通の毎日。

華々しいスポーツの代表であるサッカーやテニスだって、その大半は地味で汗臭い練習の繰り返しだ。

試合に出てもそうそう活躍できるものではなく、たいていは補欠として三年間を終えるか、たまに出ては交代して、目立つことなく日々を消化していく。

それでも、いつかは自分も活躍したい。そんな夢を見られるうちはまだいいのかもしれない。

二度と走れないと、燃え尽きるほどの全力を出せる日なんてもう二度と来ないと、わかってしまった者もいる。

そういった者に訪れるのは平凡な毎日だ。無理をしない、どこにでもある、ごくごく平均的な人生だ。

でも、それでいいのかもしれない。

どこにでもある日々を繰り返して、その中から輝ける思い出を作り出していく。それが普通の青春であり、やっぱりそういう普通の中にこそかけがえのないモノがあるのだから。

本当の幸せはすぐそばにある。変わらなくてもそのままでいい。そんな歌はいっぱいあるだろ。

それに気がつけたということは、つまり手遅れということ。

わかったときにはもう遅い。

元に戻れるはずがなかった。

なにしろあのディベート部副部長、九重崎愛良《くえざきあいら》と出会ってしまったのだから。

第一章　「平凡な毎日は非凡な毎日に勝る。是か否か」

誰もいない廊下を桜井祐也《さくらいゆうや》は早足で歩いていた。

急がなければホームルームがはじまってしまう。担任の増岡《ますおか》は粘着質な性格で、遅刻をすればしつこくいびられるのは確実だった。

他の生徒はすでに教室に移動してしまっているのか、すれちがう人はひとりもいない。

桜井は身体《からだ》を前に傾け、早足で急いだ。

走ればもっと早く着くのだが、十二歳のときに交通事故で足に怪我を負ったため、あまり走りたくはなかった。

傷は完治しているので走っても問題はないのだが、太ももの内側に走る鈍い違和感は気持ちの良いものではない。できるならば走らずにすませたかった。

早足で移動するのは、桜井にとってはもう習慣みたいなものだ。

なにもかも忘れて全力で走れれば気持ちいいだろう。体力の限界まで走り抜いたあとに訪れるあの心地良い疲労感を、もう何年も感じていない。もはや思い出すことも難しくなっていた。

すべてを忘れられたら。あの頃に戻れたら。

その願望を桜井は呑み込んだ。

「廊下は走ったらいけないしな」

心の中の言い訳が独り言となってこぼれる。苦笑を浮かべながら廊下を急いだ。

不意に、背後で軽い物音がした。

振り返ると、ついさっきまで誰もいなかったはずの廊下に、ひとりの女生徒がうずくまっていた。

学校指定を無視した黒いセーラー服を身にまとい、目の覚めるような明るい金髪が身体を包むように広がっている。開いた窓から吹き込む風が、長い髪をゆるやかにゆらしていた。

桜井は教室へ向かおうとする足を止めた。

止まってしまったというべきだったかもしれない。全身が硬直して動けなくなる。それはまさに衝撃だった。

なによりも目を引くのがその髪だった。

オリーブオイルのように透き通った金髪が、立ち上がる動きに合わせてふわりとゆれる。さらさらとした音が聞こえてきそうな、繊細で美しい髪だった。

ハーフ特有の彫りの深い顔立ちに、ダークブルーの瞳が印象的に輝く。

胸元のスカーフが二年生であることを示していた。

背の高いモデルのようなスタイルを誇示するでもなく静かに立ち上がり、ゆっくりとした動作で周囲を確認する。

それだけで、校庭の喧噪《けんそう》も、心臓の鼓動も、すべてが消えた。

息を呑むほど美しいと感じるのは初めての経験だった。

美人の上級生が立ち尽くす桜井に気がつく。小さな笑みを浮かべると、身体を向けて近づいてきた。

両手を後ろに組み、少し前屈みになって歩く。

桜井の目の前で立ち止まると、口元をゆるやかに持ち上げて、ささやくように声をかけてきた。

「少しだけ時間、いいかしら？」

鈴のように軽やかな声。

妖精のような北欧美女の雰囲気をたたえながらも、凛とした清楚な力強さを秘めている。

美人すぎる上級生を前にして、桜井は返事もできず、ただ一歩よろめくようにして下がった。

「ふふ。そんなに緊張しなくてもいいのよ」

目を細めて笑う。

それだけで桜井の鼓動が跳ね上がる。

ただ美しいだけではない。潤んだように輝く瞳と艶《つや》やかな頬が作る美しいまでに完成された表情を、わずかに吊り上がった口元が邪《よこしま》に崩していた。小悪魔のような不完全な魅

力が桜井の心をわしづかみにする。

上級生が桜井の顔をのぞき込んだ。ふわりとした香りが鼻先に漂う。瑞々《みずみず》しいふっくらした唇を目の前まで近づけると、口元を薄く開いて笑った。

「せっかくの人生だもの。ゾクゾクしなかったら、生まれてきた意味がないでしょ？」

密《ひそ》やかにささやかれる甘い声。かすかな吐息が鼻腔《びこう》をくすぐる。

唇が触れそうなほどの距離にまで迫られて、桜井は思わず後ろへと退いてしまった。

クスリと笑みが聞こえる。

「もっと素直になって。人生を幸せに生きるコツ、教えてほしいでしょ？」

甘やかに声をかけながら、少しずつ距離を縮めてくる。そのたびに下がってしまう桜井は、いつのまにか壁に背中をつけていた。

「な、なにを……」

「ほら、アタシの目を見て」

青い目が正面からのぞき込む。

金色の髪がさらりと垂れ下がり、桜井の視界を覆った。

いったいなにがどうしてこんな状況になったのか、桜井には考える余裕もない。

気がつけば壁際にまでせまられて、美人の上級生がゆっくりと唇を近づけてきている。

ほんの数分前に自分がなにをしていたのかさえ思い出せない。

これから起こるコトへの期待と不安がないまぜになって、鼓動だけが高鳴りっぱなしだった。

「どうしてこんなことをって思ってる？」

上級生の手が、髪が、唇が、桜井に触れるギリギリのところで止められている。

触れられそうで触れられない小悪魔めいた仕草に、頭の芯まで痺れていた。

返事もできない。なにがなんだかわからないまま、目の前の上級生に心を奪われている。

「勉強なんてつまんないことはやめて、楽しいことだけをして生きていけたら幸せじゃないかしら？」

そうかもしれない。桜井の頭はもうまともに動いていなかった。

思考がそのまま声になる。

「楽しいことって、なんですか……？」

上級生が笑みを深めた。

「ガマンなんてしなくていいわ。したいことだけをすればいいの。ね、キミはなにがしたい？」

「あ、あの……」

声がかすれて言葉にならない。口の中がカラカラに乾いている。

しなやかな指先が桜井の頬をなでた。

「幸せになりたいでしょ?」

言われるがままにうなずく。もう言葉も出ない。

上級生は優しく微笑み、桜井の両手にふれた。やわらかく包みこんで、そっと胸元に持ち上げる。

なにかをその手にふれさせた。

「二人だけの秘密だからね……?」

丸いそれを両手に包む。片手では持てないほどに大きい。

桜井の頭はもう真っ白だった。手のひらに伝わる感触だけが頭の中を支配している。

ずっしりとしてて、思ったよりも硬くて、なんだかざらざらしている。

なんだろうと見下ろしてみる。

壺だった。

「幸せになれる壺、欲しいでしょ?」

密やかな声が桜井の耳に吹き込まれた。熱い吐息が理性を蕩《とろ》かしていく。

「月々九八〇〇円の千回払いでいいわ。こんなこと、キミとしかしないんだからね?」

「……はい」

言葉の意味はわからない。でも、うなずかなくてはならない。頭の中はそれでいっぱいだった。

上級生がニコリと微笑む。よくできました、というように優しく頭をなでる。

「送料はアタシが負担してあげる」

大人びた魅力の中にひそむかわいらしい笑みに、桜井は腰が砕けそうになった。

「どう？　とってもお買い得でしょう？」

問いかけはもう問いかけではなかった。桜井は機械的にうなずく。

「はい、月々九八〇円なら、合計でたったの……………………はい？」

目が覚めた。

浮ついた意識が元に戻る。

月々九八〇円なら、合計でたったの……約百万だ。

「ちょ、ちょっとちょっと！」

「あら？」

上級生が驚いたように表情を変える。

「どうしちゃったの？」

「どうしたもこうしたも！　なんなんですかこれは⁉」

「どう見ても壺じゃない。とってもお得な、幸せを呼ぶ壺なのよ」

「なんで俺がこんなの買わされようとしてるんですか！」

当然の主張として叫ぶ。本当になんでこんなことになったのか桜井自身もわからなかった。

上級生の瞳が潤んだ。

「アタシのこと、キライになった……？」

ストレートに言われて、桜井はぐっと言葉に詰まる。

絶対嘘だとわかっていても、男は心がゆらぐのを止められない生き物なのだ。

全身の理性を総動員して、かろうじて煩悩《ぼんのう》を振り払う。

「い、いりませんよこんなの！」

断固として断ると、意外にも上級生はあっさり身を引いた。

「そっか、残念。もうちょっとだったのに」

悪びれることなくつぶやく。

「でも、本当にいいの？　数百万はするって話だったわよ？」

「そんなの信じられるわけないでしょう！　それに、いくら欲しくても、百万も払えませんよ！」

「じゃあそれはキミにあげるわ」

「……え？」

突然の言葉に桜井は思考が追いつかなかった。

「だったらいいでしょ。百万を払わなくていいのならもらってくれるのよね？」

桜井はわずかに迷ってしまう。

タダなら確かに断る理由はない。しかし。

「……なんでいきなりくれるんですか。タダより高いものはないって言いますけど」

「お金は今度会ったときでいいわ。壺のおかげで幸せになれたって思ったら、そのときにキミが払いたいだけ払えばいいから」

それならば文句もない。

しかし、とにかくうさんくさかった。すでに散々だまされているのだから、警戒するのも当然だった。

それに、こんな壺をもらっても邪魔なだけだ。やっぱり断ろうと表情を引き締めたところに、上級生のキレイな顔が目の前に迫ってきた。

「それを大事に持っててくれたら、次はもっと楽しいことしてあげるから。ね？」

「あ、あの……」

声がかすれてそれ以上口にできない。

どんな性格であっても、目の前の上級生はやはり美人なのだ。こんなに至近距離にまで近づかれて冷静でいられるわけがない。どうしても意識が唇に向かってしまう。

もう少し、あとほんのわずかという距離で、すっと離れた。

「ふふ、ドキドキしたでしょ？　だから次はもっとドキドキすることをしましょ」

輝くような笑みを残して背中を向ける。

「それをアタシだと思って大事にしてね」

そのまま廊下の奥へと歩き去っていった。

真っ直ぐに伸ばした背中で金髪が揺れている。後ろ姿が消えるまで、桜井はぼけっと突っ立っていた。

甘やかな残り香が全身にまとわりついている。熱くなっていく自分の頬を自覚して、桜井は全力で妄想を振り払った。

チャイムが静かな廊下に響き渡る。ホームルームの開始を告げる音だ。

「……やべ。完全に遅刻じゃねえか」

いまさら急いでも遅いのだが、それでも急がないわけにはいかない。教室に戻ろうと足を向けたときになってようやく、自分が壺を抱えたままだったことに気がついた。

腕の中を見下ろして、思わずあきれてしまう。

壺の表面にはヒビが走り、一部が欠けていた。これで数百万などとよく言えたものだ。気がつかなかった自分もどうかしている。割れた欠片《かけら》はご丁寧にも壺の中に納められていた。

ひとつ取り出して気がつく。欠片にはくっきりと足跡が残っていた。

「……なにをしたんだあの人は」

数百万はするという話だったが、どう考えても嘘だろう。仮にそれだけの価値があったとしても、割れてしまえばゴミと同じだ。

「よし、捨てよう」

どうせタダで押しつけられたのだ。どう処分しようとこちらの勝手だろう。

近くのゴミ箱に放り込む。

邪魔なものも処分したしさっさと教室に向かおうと足を向けたとき、背後から声がかかった。

「ちょっと君、いいかね」

振り返ると、校長先生が立っていた。いつもニコニコとした笑みを崩さないのが印象的な先生だったが、今は人の好さそうな顔を曇らせていた。

すでにホームルームがはじまっている時間である。桜井はとりあえず謝っておくことにした。

「すいません。すぐ教室に急ぎますんで」

「ああ、いや、そうじゃないんだ」

校長先生が慌《あわ》てたように手を振る。

「少し聞きたいことがあってね」

たずねながら、両手で丸い形を作ってみせる。

「このあたりで、これくらいの壺を見なかったかね？」

「…………いえ、よく知らないです」

壺といっても色々ある。校長先生が示したサイズは金髪の上級生から渡されたものよりちょっと大きめのように見えた。きっと違う壺だろう。そうに決まっている。

校長先生は目に見えて落胆した。

「趣味で作った壺なんだがね、とある先生に褒《ほ》められて、作品展に出品することになったんだよ。もしそこで賞なんか取ったら最低でも数百万の値は付くようなコンクールだと聞いたから、廊下に飾っておいたんだがねえ」

とっさに目を逸《そ》らした。ゴミ箱の中を見る勇気はない。そういえば投げ捨てたときに底で派手な音がした記憶もあるが、きっと気のせいだろう。

「……それじゃあ、ホームルームがはじまってますんで」

「ああ、呼び止めて悪かったね」

優しい言葉が胸に痛い。

早足で教室へと向かいながら、いまさらのように気がつく。

あの上級生は壺を売りたかったんじゃない。なにかろくでもない悪事の証拠を押しつけたかったのだろう。桜井はまんまと共犯にさせられたわけだ。

背後から誰かの絶叫が聞こえる。

ゴキブリでも出たに違いないと自分に言い聞かせて、桜井は逃げる足を速めた。


県立縦浜《たてはま》高校の一年三組では、貧乏くじを引いたとクラスの誰もが思っていた。

ホームルームも終わり、廊下には他のクラスの生徒であふれている。三組だけがいまだに解放されず、退屈な静寂に包まれていた。

誰ひとり口を開かない中で、教壇に座る担任教師の増岡だけが話し続けている。

内容はいつも同じ。学生のあるべき姿についてだ。

「いいかお前ら、学校ってのは勉強するための場所なんだ」

細いメガネを神経質そうに押さえながら話す。

「それがなんだ。最近の若者は。たるんどる。ゆとり教育がどうとか、ゲームがどうとか騒いでいるが、そんなのは関係ない。最近の若い者はたるんどる」

二回言うほど重要なことだったのだろうか。

しかも、話は抽象的で具体的な例がひとつもない。単に若者を批判したいだけなのだろう。

「そうは思わないか桜井祐也」

同意を求められても、どう答えろというのか。

「桜井、学生の本分とはなんだ」

入学して二週間。もう散々聞かされている。

「勉学です」

「その通りだ。わかっているようだな。それなのに桜井はたるんどるようだ。それとも、ホームルームは勉学ではないから遅刻してもいいと思ったのか？」

結局、大幅に遅刻した桜井は、自分の席に立たされたまま増岡の話を聞いていた。

煮えたぎる感情をどうにか呑み込む。

「……いえ」

かろうじて一言だけを口にした。それ以上話せば、うっかりなにを口走ってしまうかわからない。

「まあいい。お前らもよく聞け。学生ってのは勉強するのが仕事なんだ」

本日三回目のご高説だ。

毎日この調子である。

プリントを配るときも、日直を呼びつけていちいちひとりずつに配らせている。列の前の生徒に渡して後ろに回せばすぐ終わるのに、それをしない。

プリントを配り終わるまでの時間を利用して「最近の若い者は～」を連発する。

それが増岡という教師であり、いつまでたってもホームルームが終わらない原因であった。

「そういえば今日は部活動仮入部の最後の日だったな。どうだお前ら、入る部活は決めたか？」

大きなお世話だ、と心の中で思う。

「入る部活はしっかり選べよ。適当に選べば必ず後悔するからな」

珍しく今日はまともなことを言うつもりになったらしい。

そう思えたのも最初だけだった。

「部活に精を出すのはいいだろう。だが部活とは己《おのれ》を高めるための場だ。不埒《ふらち》な目的で入るなど言語道断。中にはふざけているとしか思えない部活もあるが、そういう部に入れば三年間を無駄に過ごすことになるだろう。後悔してからでは遅い。入る部活はしっかり選べよ」

結局は増岡節が炸裂することになった。

話なんて誰も聞いていない。席が後ろのやつは諦めて寝ているか、前の席に座る生徒の背を利用して携帯をいじっている。最近では、ありがたいお話の最中につぶやく「増岡なう」がクラス内でのちょっとした流行語になっていた。

桜井はため息を押し殺す。

こんなので自分の教えが伝わったなどと思っているのなら勘違いも甚《はなは》だしい。もう十分以上もひとりで話し続けている。そろそろ仮入部がはじまってしまう時間だ。それでなくても立たされっぱなしで疲れていた。延々とつまらない話を聞かされてうんざりしているのだから、いいかげん――

「――聞き飽きたからさっさと終われよ」

桜井の口から声がこぼれる。

言ってからしまったと思った。

心の中で思っているだけのつもりだったのに、つい声に出していた。

教室内に張り詰めた沈黙が落ちる。小さな声だからもしかしたら聞こえなかったかもしれない、と期待していたが、教室中に響いてしまったのは明らかだった。

昔からそうだった。黙っていればいいのによけいな一言を言ってしまう。

自分でもわかってはいるのだが、気がつくと声に出ているのだから止めようがない。

様子をうかがうようにそっと増岡を盗み見ると、燃えるような視線で睨《にら》みつけてきた。

「なにか言ったようだな桜井祐也」

「いえ、別になにも」

無駄だと思いつつも否定する。

増岡が勢いよく立ち上がった。

「今日はこれでホームルームを終わる。全員帰ってよし」

クラス内に安堵のため息が響く。桜井もそっとため息をついた。その背中に声がかかる。

「桜井、お前はあとで職員室に来い」

増岡の加虐的な笑みが桜井を見下ろしていた。


ようやく解放されたクラスメイトたちが次々と教室を飛び出していく。今日は仮入部の最終日だ。目当ての部活に向かうのだろう。

にぎやかな足音が響きあう中で、桜井はひとり肩を落としていた。

「ようようヒーロー、なに落ち込んでんだ」

郡山健吾《こおりやまけんご》が声をかけてくる。

長身で短髪のためスポーツマンのようにも見えるが、実際は桜井と同じで中学の三年間は帰宅部だった。頭の中の八割は女の子のことしか考えていないような男だ。

中学一年に知り合ってからの仲であり、中学時代は一番よくつるんでいた。

桜井は重いため息で答える。

「言わなくてもわかるだろうが」

あの余計な一言さえなければ立たされるだけで終わりだったのだが。増岡のことだ。職員室でどんな話を聞かされるのか考えたくもない。

「なに言ってんだ。あのときのお前はカッコよかったぜ。ズビシッて感じでよ。おかげで早く終わったしな」

落ち込む桜井の目の前で、妙なポーズを作って「ズビシッ」を体現している。

今みたいなときは、この能天気さが気楽でいい。

「だいたい、なんで遅刻なんかしたんだよ」

廊下での出来事を思い出し、身体が熱くなる。とても言える内容ではなかった。

「まあ、色々とな」

視線をそらして言葉を濁す。

「そういえば、桜井は走れないんだったっけか」

郡山が勘違いをして納得した。走れないわけではないのだが、せっかくなのでそのまま黙っていることにする。

郡山もさっさと話題を変えることにしたらしい。真剣な表情でたずねてきた。

「それで、今日はどこに行く」

「どこって、なにがだ」

たずねると郡山が呆れ顔になった。

「仮入部以外になにがあるんだよ」

入学してから二週間は、どの部活に入るかを決めるための仮入部期間となっている。色々と体験入部をしてから部活を決めることになっていた。

今日はその仮入部期間の最終日。

桜井と郡山は、いまだに入るべき部活を決められずにいた。

「サッカーとか野球とか、どれもいまいちだったんだよな」

メジャーどころには一通り顔を出してみたが、どこも桜井には近寄りがたい場所だった。

縦浜高校は元々部活動が盛んであり、多くの分野で強豪校と呼ばれている。当然個々の部活のレベルは高く、熱心な生徒も多い。

中学の頃から続けている者も多くいて、上級生に混じって早くも練習している生徒さえいた。

桜井にとって、彼らは遠い存在だった。

桜井はもう走れない。軽い運動ならできても、全力での運動はもうできないのだ。

汗を流す生徒達の姿は、桜井の心に鈍い痛みを走らせる。一緒に部活をするなんて、できるとは思えなかった。

「ふたりともまだ残ってたの？　仮入部の受付、もうすぐ終わるわよ」

声をかけてきたのは新村希《にいむらのぞみ》だ。桜井より頭ひとつは低い小柄な体型で、ショートヘアをさらに頭の後ろで束ねている。

「わかってはいるんだけどな……」

「……なんでそんなに落ち込んでるの？」

話す気力もわかない桜井のかわりに郡山が答えてくれた。

「増岡に余計なこと言っちまったことを後悔してるんだとよ」

「そんなの気にしなくてもいいのに。あのときの桜井君はカッコよかったよ。みんなの言いたいことを言ってくれたって感じで」

そう思ってもらえれば多少は救われる。

「それに、桜井君って中学の頃からけっこうすごいこと平気で言ってたじゃない。いまさら落ち込んでどうするのよ」

新村とは中学三年からのつきあいだった。

クラスメイトの策略にはまって学級委員に推薦された桜井とは対照的に、自ら立候補したのが新村だ。

聞いた話によれば、三年間学級委員に立候補し続けていたらしい。

学級委員としての仕事は面倒な作業が多かったが、ほとんどを新村が率先してこなしてくれた。桜井には信じられない人種だ。おかげで先生たちからも信頼されていたという。

どちらかといえば問題児だった桜井とは正反対であり、当時はあまり口も聞かなかった。

それが変わるきっかけとなったのは、とある学級委員会議でのことだ。
一、二年生とは違い、三年生になると受験勉強が関わってくる。委員の仕事ばかりをするわけにもいかず、面倒な仕事を押しつけあうような会議になっていた。その中で、率先して仕事を行う新村が攻撃の対象になった。
「内申点を稼ぐのが趣味なんだから、こういうのは全部お前がやれよ」とか、そんな理由だった気がする。

一対一ならともかく、大勢から責められてはなにも言えない。言われるがままにうなずく新村は、半年間全体朝礼の進行役をするという最高にめんどくさい仕事を押しつけられそうになっていた。

本来なら一カ月ごとに交代する仕事だ。本当に新村ひとりにやらせるなんてできるはずがない。黙ったまま聞いていれば、やがてはいつも通り交代制になっただろう。

しかし新村の目に浮かぶ涙を見たとき、桜井は口走ってしまった。

「お前ら、だっせえな」

あのときのしんとした空気は今でも覚えている。あんなに騒ぎ立てていた奴らが、たったの一言で黙ってしまった。それがなんだか愉快になってしまい、あとはもう止まらなかった。

最終的には殴り合いとなり、騒ぎを聞きつけた教師にそのまま職員室へと連れていかれた。

騒ぎの原因は誰かと聞かれれば、間違いなく桜井である。

会議の内容がなんであれ、最初にケンカを売ったのは桜井なのだから、言い訳もできない。謹慎も覚悟した。

それをかばってくれたのが新村である。新村にはまったく非がないのに、自分にも原因があると主張してくれた。

桜井とは違って教師たちに気に入られていた新村が共犯となったことで、謹慎処分を免《まぬが》れることができた。罰として受けたのは半年間の全体朝礼進行役だ。

その日の帰り道で、桜井は新村に謝った。自分の余計な一言が原因なのだから、新村を巻き込むわけにはいかない。進行役は自分ひとりでやるつもりだった。

新村はかすかな笑みで首を振った。

「気にしないで。私も手伝うよ。ちょっとだけ嬉しかったし」

気にしないでいいと言ってくれたが、そういうわけにもいかない。本来なら半年で交代するはずの学級委員を、新村と一緒に一年間続けることになった。

そうやって中学校の三年間、学級委員を務め上げた新村だが、高校では立候補しなかった。部活に打ち込むためらしい。

今の新村は、年季の入ったラケットケースを肩にかけている。

新村は中学の頃からソフトテニスを続けていた。三年の最後の大会では県大会まで行ったほどだ。

だからなのだろうか、小型のラケットケースを担《かつ》ぐ姿には堂々とした威厳さえ感じられる。やはり部活をしているとにじみ出てくるものがあるようだ。

まぶしいものを眺めるように、新村の姿を見つめた。

「あの、さ」

新村が少しだけ言いにくそうに話を切り出してくる。

「ふたりともまだ部活を決めてないいんだったら、ソフトテニス部とかどうかな？」

桜井は郡山と顔を見合わせた。

先に口を開いたのは郡山だ。

「そういえば硬式テニス部には行ったけど、ソフトテニスにはまだ行ってなかったな。いいんじゃねえのか」

郡山が賛成する。新村がのぞき込むように桜井を見た。

「桜井君も来る、よね？」

今日は仮入部最後の日だ。
仮入部期間が二週間もあると、一度も顔を見せていない部活にはさすがに入りにくい。
ここで失敗すれば、自動的に帰宅部となってしまう。
簡単に決めてはいけない選択だった。
しかし他になにがあるかと聞かれれば、別の答えがあるわけでもない。
郡山も行くらしいし、新村だっている。他の部よりは疎外感を覚えなくてすむだろう。
理由なんてそんなもので十分だった。
「わかった、俺もソフトテニス部に行くよ」
桜井が同意すると、新村が笑顔で声を弾ませた。
「うん。じゃあ案内するね」
生徒の少なくなった廊下を三人で歩く。
少し早歩きになったところで、校内放送が響いた。
『一年三組、桜井祐也。至急職員室まで来るように』
増岡の声だった。
新村が表情を曇らせ、郡山が「あちゃー」と大げさにつぶやく。
桜井はもうため息も出なかった。
「しかたない。職員室に行ってくる。ふたりは先に行っててくれ」

新村は不満顔だったが、増岡に呼び出されてはどうしようもない。しぶしぶながらもうなずいてくれた。

「うん、わかった。テニスコートは校舎裏だから。遅れてもいいから絶対来てね」

「じゃあ、またあとでな」

テニスコートへと向かうふたりの背を見送りながら、桜井は職員室へと向かうため廊下を反対方向へと歩き出した。

離れていくひとりとふたり。

三人が同じ道を歩む最後のチャンスを失ったことなど、知るはずもなかった。


県立縦浜高校に入学して二週間あまり。

自己紹介ですべることもなく、変人な生徒に目をつけられることもなかった。

担任はハズレだったが、それが逆にクラスの連帯感を高めている。

つまり順調だった。

順調で、何事もなかった。

高校生になればたくさんのイベントに振り回されるのだと思っていた。

やってくるのはきらびやかな青春の日々で、高校生というものは、中学生なんかとは比べものにならないほど大人な存在なのだと信じていた。

校内のアイドルが同じ廊下を歩き、ライバルの一年生とレギュラーの座を奪い合う。親友と殴り合いの喧嘩をしてふたり仲良く河原に寝転び、クラスの気になるあの子から体育館裏に呼び出される。

そんな毎日が続くのだろうと期待していた。

しかし現実は平凡だ。

廊下を歩けば同じ中学の生徒は多いし、入れるような部活もない。親友と呼べなくもない郡山とだべりながら帰る毎日で、今のところ呼び出してきたのは陰険な増岡だけだった。

桜井にとって中学での毎日は、決してつまらなかったわけではない。楽しかったと胸を張って言える。ただ、この足で得ることのできたはずのものがそこにはなかった。

実際になにを得られたのかはわからない。しかし、人はないものを想像してしまう。

今の毎日は十分に楽しい。だけど今の日常は、本来あるはずだったものが欠けた日常なのだ。

この足さえまともなら。あの事故さえなければ。

考えてもしかたがないとわかっていても、ふとしたときに「本当はもっと」と考えてしまう。

上限のない幸せを求めている間は、心から満たされる日はやってこない。

本当はもっと楽しかったのではないか。

その思いを心の中に抱え続けた三年間だった。

だから、高校生になればなにかが変わると思っていた。

輝かしい日々が小さな悩みなどかき消してくれるのだと密かに期待していた。

しかし結局は、中学の頃となんら変わることのない毎日が続いている。平凡で退屈な、もっと楽しくなるはずだった毎日だ。

思い描いていた理想となにかが違う。

こんなはずじゃなかった。

「高校生ってのは、もっと楽しいものじゃなかったのか」

つい声に出ていることに気づき、慌てて自分の心を否定した。

高校生活が順調でなにが不満だ。

ちょうど廊下の窓からテニスコートが見えた。

全力で走ることはできないが、運動がまるっきりダメというわけでもない。

部活に入ろうと思ったのも、せっかく高校生になったのだからというだけの理由だ。いまさら、あの頃に戻りたいという願望があるわけでもない。

楽しい毎日を過ごしたい。それだけだ。

だったらいいじゃないか。

ソフトテニス部なら新村もいるし、他にも同じ中学だったやつは多い。郡山も誘えば断らないだろう。

県大会を目指すような熱い日々は送れなくても、友達と同じ部活に入って汗を流すのは、悪くない。きっと楽しくやれるだろう。全然悪くなんかない。

桜井は歩く足を速めた。

さっさと職員室に行き、テニスコートに向かおう。

そうすればこのわけのわからない不安も消えるはずだ。

自分はソフトテニス部に入るのだから。

決意と共に歩を進める。

その足が、不意に止まった。正面から歩いてくる上級生に目を奪われる。

優雅とさえいえる足取りの後ろで、金色の髪が揺れていた。

桜井に気付いた上級生が目を細める。

「あら、また会ったわね」

言いたいことはたくさんあった。なによりもまず怒るべきだろうと思う。

しかし実際に口にするよりも先に、上級生が微笑んだ。

「また会いたいって思ってたの。うれしいわ」

からかうわけでも、誘惑するわけでもない、かわいらしい笑み。

それだけで、桜井は怒りが収まっていくのを感じた。

たった一度の笑みで許してしまえるのだから、男という生き物は本当にどうしようもない。自分の情けなさをしみじみとかみしめながら、気になっていたことを質問することにした。

「あの壺はなんだったんですか」

「さあ。よくは知らないわ」

悪びれもなく答える。

「校長先生がガンバって作ったみたいで、廊下に飾ってあったのよ。昨日まではなかったから、うっかり蹴っちゃってね。そしたら割れちゃった」

ニッコリと笑顔で告げる。

もうどこからツッコミを入れればいいのかわからない。なにをしたら壺をうっかり蹴るような状況が生まれるのだろうか。

あきれ果てる桜井の目の前で、上級生が笑みを深めていった。

「そういえばキミ、幸せになれる壺捨てちゃったんだってね。校長先生が泣いてたわよ」

「なんで俺のせいになってるんですか。完全に先輩のせいじゃないですか」

「ドキドキの続き、したかったのにな」

桜井の目を見つめて甘くささやきかける。桜井の反応を楽しんでいるようでもあった。

振り回されっぱなしで黙っているわけにはいかない。小悪魔のような表情に惑わされないよう、桜井は全身に力を入れた。

「あの壺を大事にしていればいいんですよね」

桜井の言葉に、上級生が少しだけ面白がるような笑みを見せた。

「そうね、アタシだと思って大事にしてくれていたら、とってもうれしいわ」

どうせ無理だと思っているのだろう。

あんなに大きな壺を持ち歩くのが無理なことくらいすぐにわかる。今の桜井を見ても、壺がどこにもないのは明らかだ。

だからあんなに余裕なのだろう。

桜井はポケットの中のそれに手を触れた。家に帰ってから処分するつもりだったのだが、こんなところで役に立つとは思わなかった。

取り出したそれを上級生に手渡す。それは、足跡がついた壺の欠片だった。

「ちゃんと肌身離さず大事にしていましたよ」

まさか本当に持っているとは思わなかったのだろう。上級生が無言で欠片を受け取る。

やられっぱなしでは面白くない。一度くらい、美人な上級生の顔を驚きで歪《ゆが》めてやるのも悪くはないだろう。

どうだとばかりに上級生の顔を見る。

青色の瞳を潤ませて、うっとりと微笑んだ。

「うれしい……。本当に大事にしてくれてたんだ……」

密《ひそ》やかな甘い声と共に、上級生の身体が桜井の胸に寄り添ってきた。

予想外の反応に、びくり、と身体が引きつってしまった。

やわらかな女の子の身体を受け止めて、抱きしめられればよかったのかもしれないが、そんな度胸があるはずもない。両腕を上げたり下げたりしてオロオロとうろたえるしかなかった。

上級生の顔が至近距離から桜井を見上げる。

にへら、とした笑みが張り付いていた。

「うふ。アタシの驚く顔、そんなに見たかった?」

ぐっと桜井は言葉を呑み込んだ。

しっかりと見抜かれていたらしい。せめてなにか反論を、と思ったところで、しなやかな指先が桜井の胸に当てられた。

「ドキドキしてるの聞こえるよ。ナニをキタイしているのかしら?」

なにも期待していないと言ったら完全に嘘だ。

心の内側まで見透かされた気がして、顔が熱くなるのを止められなかった。

「アタシと一緒に、楽しいことしたいんでしょう?」

ごくりと喉が鳴る。かすれた声で問いかけた。

「こんなところで……なにを……」

放課後とはいえ、いつ人が通ってもおかしくない。

上級生が小さく声を響かせた。

「こんなところだからよ。ドキドキなんかじゃ足りないの。全身がゾクゾクするような経験、キミにはあるかしら」

「いえ、あの……」

もうすでに心臓が破れそうなほどドキドキしている。

それ以上の言葉はなく、金色の髪をした上級生が微笑む。

桜井が誘われるままにふらりと足を踏み出そうとした瞬間、上級生の身体がクルリと背を向けた。窓を開き、窓枠の上に足をかけて飛び乗る。

桜井を振り返ると、無邪気に笑った。

「じゃあ、またね」

「…………え？」

まさかと思った。そんなはずはないと思った。でも、そのまさかだった。

かけた足を思い切り伸ばし、窓の外へと飛び出した。

驚く暇もない。

上級生が空中で手を伸ばす。廊下からは死角となる位置にぶら下がっていた避難用縄梯《なわばし》子《ご》をつかむと、手慣れた様子でするすると登っていった。

まさしくあっというまに姿が消える。

桜井は呆然としたまま動けなかった。目の前の出来事をどう理解していいのかわからない。

混乱した頭で、初めて会ったときのことを思い出した。

誰もいなかったはずの廊下に突然現れた上級生。そういえばあのときも廊下の窓は開いていた気がする。窓から窓へと飛び移っていれば、廊下に飾ってあった壺をうっかり蹴ってしまうこともあるだろう。

呆然とする意識を突然の校内放送が打ち破った。

『今日は仮入部最終日。みんな元気にしてるかしら。毎度おなじみディベート部よ。今日は放送室を借りてみたわ』

その声は紛れもなく先ほどの上級生だった。

『ディベートとは本来人前で行うもの。でも部室でやったんじゃ見てもらえる人数に限りがある。じゃあどうすればいいのかしら。答えは簡単よね。放送室を勝手に借りればいいのよ』

よどみなく堂々と言い放つ。

こうも力強く断言されると、まるで仕方がないことであるかのように思えてくるから不思議だった。

『じゃあさっそくはじめるわよ。橘《たちばな》ちゃん、あとよろしく』

上級生の声に変わって、別の女の子の声が響く。

『あ、はい。今日のジャッジと司会進行を勤めさせていただきます、一年の橘詩織《しおり》と申します。今日はよろしくお願い致します』

最後に声がくぐもったのは頭を下げたからだろう。緊張のためか、声が少し硬くなっていた。

『まずはじめに、簡単にルールを説明させていただきます。ディベートとは、テーマに従って肯定側と否定側が双方の意見を述べ、ジャッジがどちらの主張に説得力があったかを判断して勝敗を決定するゲームです』

『そうね、あくまでも「説得力のあるほう」が勝つのであって、正しいかどうかは関係ないのがディベートの重要な点よね。場合によってはウソが真実を駆逐することもある。あの瞬間が最っ高にゾクゾクするのよね……！』

なにやら興奮気味に話している。校内放送で全校中に自らの嬌声を響かせていた。

『では、今日のテーマを決めさせていただきます』

がさごそと紙をあさる音が響く。

ディベートと言われても、桜井は名前を聞いたことがあるくらいだ。議論みたいなことをするのだろう、という曖昧なイメージしかない。

それでも桜井は、続きを期待している自分に気がついた。

テーマといっても色々ある。

消費税増税。二院制の廃止。死刑制度の是否。

今の日本において議論すべきテーマは数多いだろう。高校生なんかが、しかも学校で議論してもなにも変わらないと思う人はいるかもしれないが、しかしなにもしないよりは確実にマシだ。

どんな内容なのか、考えただけで胸の中にざわめくものを感じる。気持ちを落ち着かせながら次の言葉に耳を傾けた。

橘のおとなしい声がテーマを読み上げた。

『本日のテーマは「未来の世界の猫型ロボットは少年にとって有害である。是か否か」です』

「そんな内容⁉」

なんというか、こう、なんといえばいいのだろうかこのガッカリ感は。

政策論議をしろとまでは思わないが、せめて学校内の風紀の乱れについて論じるとかはできなかったのだろうか。

『肯定側が本郷《ほんごう》先輩、否定側がアイラ先輩になります』

『そうか』

橘の声が終わるのを待って、男の声が響いた。本郷と呼ばれていた生徒だろう。重く低い声は、不機嫌というほどではなかったものの、聞く者を圧倒する力強さを含んでいた。それは、大柄で融通の利かない生真面目さを連想させる。

続く声が鋭く告げた。

『了解した』

「了解しちゃったよ……」

もっと止めるとかしないのだろうか先輩として。

『もちろんオーケーよ！』

明るい声が響く。

あなたは喜びすぎです。

『ふっふふ。なかなか悪くないテーマじゃない。ゾクゾクするわあ』

『今回は立論四分、反論二分、総括二分の各一回、ゲリラディベート用のショートスタイルで行います。準備時間は――』

『必要ないわ。さっさとはじめましょう』

上級生の声が急《せ》かす。

『あ、はい。では肯定側の本郷先輩からです。どうぞ』

『ふむ。では、はじめようか。ディベート部三年、部長の本郷桐彦《きりひこ》だ。やむにやまれぬ事情により、長くはいられない。短い間だがよろしく頼む』

堂々とした声が響いた。

静かなのに迫力がある。しかし恫喝《どうかつ》するような暴力的な色を含んでいるわけではない、存在感のある声だった。

『さて、まずは定義から入ろう。今回のテーマだが、「未来の世界の猫型ロボット」と、「それに助けられる少年」が誰のことを指しているかは言うまでもないだろう。諸般の事情により具体名は公共の電波に乗せられない。察してもらえると助かる』

『オーケーよ。アタシもはじめからそのつもりだったし』

『付け加えるならば、テレビ版と劇場版は別物と思ってもらいたい。ここは原作に敬意を表し、漫画版を扱おう。大した違いはないかもしれないが、設定に多少の違いがあるからな。無用の混乱を避けるためだ』

桜井はなんとなく感心してしまった。

確かに漫画版と劇場版は別物だ。同じものと考えたら議論が混乱する場合もあるかもしれない。

内容が内容だっただけにもっと適当なのかと思っていたが、意外としっかりしている、というのが率直な感想だった。

『わかったわ。それでいいわ』

『けっこう。ここまではいいだろう。問題は「有害」の一語だ。害と言っても色々ある』

これならば、テーマがアレなだけで内容は真面目にディベートをするのかもしれない。

「有害」とはなにを意味するのか。それによってディベートの内容も決まるだろう。

利便さがもたらす社会の歪み。楽ばかりを求める現代人の生き方。求められる過剰な安全。空き地で遊ぶなんて経験は、桜井の記憶ではもう遠い過去になっていた。

古き良き時代を振り返ることは、現代社会の問題を浮き彫りにし、より良い未来を作るための基礎になるはずだ。

桜井の中で、再び期待する気持ちがよみがえってきた。

続く言葉に耳を傾ける。本郷の声が重厚に響いた。

『猫型ロボットに内蔵された小型核融合炉が突然メルトダウンを起こさない保証はどこにもない。外殻にヒビが入れば当然、核汚染物質が漏れ出すだろう。放射能によって少年氏の家族が被爆するリスクも考慮しなければならない。害虫を駆除するためにうっかり地球破壊爆弾を使ってしまう可能性も視野に入れる必要がある』

「…………………」

桜井はもう言葉もない。

今のはきっと幻聴だそうだそうに違いない。

必死に現実逃避をする桜井の耳に、本郷の言葉が続いた。

『――が、まあ、今回はいいだろう。モデルディベートであることを考慮すれば、あまり特殊なのは好ましくない』

『それはそれで面白そうだけど』

九重崎《くえざき》のつぶやきが聞こえた。ニヤニヤとした笑みが想像できるような、艶《つや》のある声だった。

『普通に考えれば、未来から来た猫型ロボットが少年氏に与える秘密道具の数々が、少年氏の成長を阻害しているのか、あるいは伸ばしているのか、争点はそこになるだろう。よって、今回のテーマは次のように言い換えることができる。

「未来の世界の猫型ロボットは少年を健《すこ》やかに成長させる。是か否か」』

『問題ないわ』

『ではこれより立論に入ろう。肯定側は「未来の世界の猫型ロボットは少年にとって必要だ」と主張する』

「やっとか……」

なぜだか桜井は妙に疲れていた。

『理由は簡単だ。少年はいじめられっ子だからだ』

急に声の質が変わった。

先程まででも十分に迫力のある声だったが、さらに重さを増し、威厳のある声へと変わる。

定義はあくまでも準備段階にすぎない。ディベートがはじまるのはこれからなのだと気付かされた。

『もしも猫型ロボットがいなかった場合を考えて欲しい。

勉強もできず、運動もダメで、ガキ大将にイジメられる日々がいつまでも続いたら、少年氏はどうなってしまうだろうか？　少年氏の心に重く暗い傷跡が刻まれるのは、火を見るよりも明らかだ。

得意なのはあやとりだけ。人生に絶望し、生きる意味を見失ったとしてもなんら不思議ではないだろう。家に引きこもり、登校拒否となっていたことは想像に難くない。

想像してもらいたい。毎日部屋の中でひとり黙々とあやとりを続ける自分を。それは幸せと言えるだろうか？』

いつのまにか校舎中が静まりかえっている。有無を言わせない言葉の重みに、桜井は立ちすくんでいた。

この人は少年になにか恨みでもあるのだろうか。そうとしか思えない迫力だった。

『救いようのない少年氏の未来に光を与えているのが、二十二世紀の秘密道具だ。辛いことがあっても、もう学校なんか行きたくないと思っても、猫型ロボットがなんとかしてくれる。それが少年氏に生きる希望を与えているのだ。

つまり、未来の世界の猫型ロボットがいなければ、少年氏は引きこもりか、非行に走っていたか、いずれにしろまともな人生を歩めなかったことは明白である。

猫型ロボットの存在は少年氏の未来を救っているだけでなく、彼の非行を水際で阻止しているとも言えるだろう。

以上の理由から、少年氏にとって猫型ロボットは必要不可欠な存在であるとわかってもらえたことと思う。

以上で肯定側の立論を終了する。皆の清聴に感謝したい』

締めくくりの言葉を聞いて、桜井はようやく、これがディベートであることを思い出した。

四分という短い時間が、さらに短く感じられた。

「これが、ディベート……」

桜井の口から小さなつぶやきがもれる。

内容にがっかりしたのは確かだった。なのに、気がつけば聞き終えていた。言葉のみで構築された世界に、全身が圧倒されていた。

『本郷先輩ありがとうございました。続いて否定側の立論です。時間は四分です。ではアイラ先輩どうぞ』

『はじめまして。ディベート部二年、副部長の九重崎愛良よ。今日はよろしくね。まずは肯定側の定義を受け入れるわ。否定する理由はなにもないからね。いいわよねこういうテーマ。ゾクゾクするわ』

九重崎の嬉々とした声が響く。本郷の声とは違う、感情のこもった、楽しくて仕方がないという思いにあふれた口調だった。

『さて、では立論を開始しましょう。もちろん否定側は「未来の世界の猫型ロボットは少年の精神的成長を阻害する」と主張するわ。それをこれから証明するわね。

少年はなにかあるとすぐドラ……猫型ロボットに泣きつくわ。

テストの点が悪い。猫型ロボット助けて。野球で活躍できない。猫型ロボット助けて。女の子にもてない。猫型ロボット惚れ薬ちょうだい。

すべてロボット頼みだわ。これは少年が自ら努力することを放棄していると言えるでしょう。

確かに運動も勉強もなにひとつとして人並みにこなせない少年は、未来の世界の猫型ロボットがいなければ、なにも上手くいかなかったかもしれないわね。でも、人生ってそんなものでしょう？

この世界に生きるすべての人が、なにひとつ失敗をせずに生きているのかしら？　一度でも失敗をした人は幸せにはなれないのかしら？』

九重崎の主張を聞いたとき、桜井の心にうずくような痛みが生まれた。言葉のひとつひとつが心の奥底に突き刺さる。

『そんなはずがないのは言うまでもないわよね。それに、そんな人生はつまらないでしょう。道を踏み外してこそ人生は楽しい、そうは思わないかしら？

勉強する。練習する。ファッションの研究をする。そうやって人は大きくなっていくのだし、苦労があるから、成功がよりいっそう嬉しいものになるのよ。

今回のテーマは「どちらが少年をより魅力的な人間へと成長させるか」と言い換えることもできるわ。

人の価値は、困難に直面したときにもっとも強く現れるもの。

困難を前にして立ち向かうのか、あきらめて泣きつくのか。どちらが人間として魅力的かしら？』

一度言葉を区切って間を置いた。

どちらなのか。そんな答えはわかり切っている。しかし桜井には答えを出せなかった。

困難を前にしたとき、立ちふさがる障害が自分にはどうしようもないものだったとき、どうすればいいのだろうか。

過去は変えられないという当たり前の事実を前にして、どう立ち向かえというのだろうか。あきらめる以外に、なにができるというのだろうか。

なにもできはしない。それこそ二十二世紀の秘密道具でもなければ不可能だ。

不可能。そう、不可能なんだ。

いつしか桜井は自分自身に言い聞かせていた。

『答えはもうわかっているわよね。手を伸ばさなければ未来はつかめないのよ。以上の理由から、未来の世界の猫型ロボットは少年にとって有害であることが疑いのない事実であるとわかってもらえたと思うわ。あんなのは少年が成長する機会を奪うだけのガラクタなのよ。

以上で否定側の立論を終わるわ。みんな、ご清聴どうもありがとう』

短い演説にこめられていたのは、ただの言葉ではない。自分の主張が正しいのだと説得する以上のなにかがこめられていた。

それが、桜井の心にも突き刺さっていた。

——一度でも失敗をした人は幸せにはなれないのかしら?

九重崎はつまり、あきらめずに立ち向かえばいつか必ず幸せになれると、そう主張している。立ち向かうことをあきらめたやつには魅力などなにもないと断じているのだ。

傷口がうずく。それは足であり、心であった。

その後、ディベートは反論、総括と続き、時間はあっというまに過ぎていった。

『アイラ先輩ありがとうございました。また、聞いてくれていた皆様、どうもありがとうございました。これより勝敗の判定に移りたいと思います。ジャッジは僭越《せんえつ》ながらわたくし橘が――』

そのとき、スピーカーから扉を激しく叩く音と、怒鳴り声が響いてきた。

『貴様ら、なにをやっている！』

『あら、もう来ちゃったの。もうすぐ終わりなんだから空気くらい読めばいいのに』

九重崎のぼやきが響く。全校に放送されているというのにまったく遠慮がない。

『仕方ないわ、橘ちゃん。ちゃちゃっと決めちゃって』

『え⁉ でも、そんな急には――』

慌てる橘の声をかき消すように、扉を叩く音が激しくなる。九重崎の暴言を聞いてより強くなっていた。

『ほら、早く早く』

『えっと、えっと、じゃあ、その……今回は否定側に投票します。理由は、肯定側の主張はある程度否定できていたのに対し、否定側の主張に対する否定は十分とは言えず、一定の根拠が残っていたような気がするから、です……』

橘の声がかすれるように消える。

『よし、それでいいわ。これでモデルディベートを終わるわ。聞いてくれたみんな、ありがとね。じゃあ撤収！』

勇ましい声が響き、バタバタと騒がしい音が続く。

ブツリとノイズ音を立てて放送が終了した。

桜井は突然のゲリラディベートを最後まで聞いていた。

放送が終わった今になってもまだ動けないでいる。

窓の外に避難用縄梯子が垂れ下がった。

不安定な足場をものともせずに、長身の男子生徒が降りてくる。ピッタリとなでつけたオールバックの髪に細いメガネが似合っている、理知的な印象の生徒だった。

「悪いが少し離れてくれないか」

窓の前に立っていた桜井に声をかける。

三年の本郷と名乗っていた生徒だろう。わきによけた桜井の横に降り立つ。

続いて降りてきたのは小柄な少女だった。危なっかしく風に揺れる少女に本郷が手を伸ばす。

「大丈夫かね橘詩織君」

「あ、はい。ありがとうございます」

堂々とした声の本郷とは対照的な、か細くて弱々しい声だった。

橘は廊下に立つ桜井に気がつくと、小さく頭を下げてそそくさと離れていく。背中にたれる二つにしばった髪のせいもあって、なんとなく内気なウサギを連想させる動きだった。

そして最後に、九重崎愛良が降りてきた。

オリーブオイルのような輝きをたたえた髪が風に舞う。廊下で見たときとは違う、明朗で不敵な笑みを浮かべていた。

窓枠に足をかけると、避難用縄梯子をつかんで腕を振り上げる。上の窓にくくりつけられていたのだろうフックがちょうど手のひらに落ちてきた。そのまま手早くまとめて廊下に降りる。

一連の行動に無駄がない。異様なまでに手慣れていた。驚き半分あきれ半分で立つ桜井に九重崎が目を向ける。

「あら、また会ったわね。もしかして待っててくれたの？」

九重崎がその美貌を惜しげもなく近づけてくる。

「あ、いえ……」

不意打ちの無防備な仕草に、思わず身体を引いてしまった。

「あら残念。嫌われちゃった」

楽しそうに笑って、九重崎もあっさりと身を引く。

そのまま本郷と橘のほうに向かって歩いていった。

去っていく足取りに迷いはない。あまりにもあっさりとした態度は、桜井に対する興味を完全に失ったと告げていた。

ここで別れればもう二度と会えなくなる。

直感したときにはもう声に出していた。

「あの、待ってください！」

九重崎が振り返る。

どうにか足を止めたまでは良かったが、続けるべき話題が思い浮かばなかった。

口ごもっていると、九重崎が薄いほほえみをたたえて、先を促《うなが》すように小首をかしげた。

なにか言わなければならない。言わなければ、きっとこのまま行ってしまう。

思いに迫られて無理やりにでも言葉を絞り出した。

「その、放送室を勝手に使ったりとか……、部室でやればいいことなんじゃ……」

九重崎がクスリと頬をゆるめた。

「だって仕方がないじゃない。今回はモデルディベート。新入生にアタシたちの存在を知ってもらうためのものなのよ。なのに放送室を貸してくれって頼んだら断るんだもの。だったらもう勝手に使うしかないじゃない」

堂々と告げる声は廊下で聞いたのと同じ声であり、放送で聞いたのとは違う声だった。

使い分けられた声音に、桜井は妙な疎外感とイラだちを感じた。自分でもよくわからない思いが桜井の心に火をつける。

「新入生を勧誘しなければならないのは、どこの部も同じでしょう。ディベート部だけが優遇されたらおかしいですよ。そもそも、その事と放送室を使う事はなんの関係もないわけで、最初から放送室を使わなければならないと前提になっている時点でおかしい気が――」

九重崎が目を大きく見開く。

その表情を前にして、ようやく桜井も言い過ぎたと気づいた。

謝るより先に九重崎の手が桜井のえり首をつかんで引き寄せる。

「今なんて言ったのかしら？」

鋭い口調でたずねる。

元が整った容貌をしているだけに、怒るとなかなか迫力があった。

「いえ、別になにも……」

目を逸らそうとした桜井のあごを、九重崎の細い指がつかんだ。

「いーえ、聞いたわよ」

鼻先が触れそうなほどの至近距離で、九重崎の美貌がニヤリと歪んだ。

「その通り！　どんな目的であろうと、放送室を使わなければいけない理由はないわ。アタシの主張は前提から間違っていたのよ」

牙があればむき出しにしてきそうな勢いで九重崎が笑う。

「独力で気がつくなんて大したものだわ。なかなか素質があるじゃない」

つかんでいた手を離し、桜井の正面に立ちはだかる。

「今からひとつ質問をするわ。今後の人生を左右するから心して答えなさい。いいわね」

一方的に告げて、妖《あや》しい笑みをみせる。桜井の答えを待たずに問いかけた。

「人は幸せになるために生まれてきた。是か非か」

「…………………え？」

「アタシは否定するわ。だって人は『なにかのために生まれてきた』と言えるような目的のために作られたんじゃないもの。お父さんとお母さんがいたから生まれてきたのよ。そうでしょ」

「まあ、そうですけど」

あいまいにうなずいた。

「幸せになる権利なら誰もが持っているわ。でも、それを行使しなければならない義務なんてない。アタシがなんのために生まれてきたのか。それはアタシが決めることよ。神様なんかじゃないわ」

　言っている内容は間違っていない気がするのに、なぜか納得がいかない、不思議な感覚だった。

「じゃ次はキミの番ね。人は幸せになるために生まれてきたって主張して」

「えっと、じゃあ……」

　言葉にしようとして、口ごもってしまった。

　人は幸せになるために生まれてきた。

　感覚的には正しいと思うのだが、それをうまく表現できない。曖昧なまま頭の中をすり抜けていく。それでも頭の隅に引っかかる感覚を頼りにしてどうにか言葉にした。

「……幸せになるためではないとしたら、不幸になるためということになってしまいます。そんなのはおかしいです。幸せになるためというより、幸せになるべきです」

「なるほど。まあ悪くはないわね」

　九重崎がひとつうなずく。

「でも、そうね。人が幸せになろうと不幸せになろうと、それは本人の自由じゃない。幸せにならなければならないなんて誰が決めたの？　時には不幸になりたい日だってあるわ。自ら苦行に身を置く人というのは、自ら不幸になることで己を高めようとしているのでしょう。その行為までも否定するなんて、神様にだってできないわ」

九重崎の主張は正しい。なのに間違っている。そんな矛盾した感覚が桜井の中を支配していた。

「不幸になりたい」などという暴論が認められるはずがない、という感情的な否定ではない。

明らかに、どこかが、間違っている。

その感覚はもはや確信と言っていいモノだった。

頭の中で九重崎の言葉を並べる。

確認し、検証し、そして気がついた。

それは実に簡単なトリックだった。

「先輩は、はじめの主張では幸せになんかならなくてもいいと言いました。そして二回目には、不幸せになってもいいじゃないかと。でも、望んで不幸せになったのなら、それはその人にとっては幸せということになります」

「幸せ」とはなにか。

それは視点の問題だ。神様が与える幸せと、人が求める幸せは違うものだ。そこを九重崎はわざと入れ替えていた。つまり、

「九重崎先輩の主張は論理的に破綻しています」

氷のような空気が背筋をなでる。

九重崎も、本郷も橘も、皆言葉を止めていた。

しまったと思ったときにはもう遅い。

言葉がキツくなってしまった。これではケンカを売っているのと同じだ。

わかっていても、気づいたときにはもう言い終わっているのだからどうしようもない。

きっと怒っているだろうなと思いつつ、目の前の九重崎を盗み見る。

予想通り瞳を吊り上げていて、桜井に向かって大声を上げた。

「キミ、最っ高よ！」

大絶賛だった。

「…………あれ？　怒ってないんですか？」

「どうして怒られると思ったの」

逆に聞き返されてしまう。

「少しキツい言い方になってしまいましたし、いつも一言余計だと言われるので……」

「なに言ってるの。その一言がいいんじゃない」

九重崎が嬉々として口調を強めた。

「要点を一言でまとめるっていうのはディベートじゃ重要なポイントよ。自分たちの優位性をジャッジにアピールしないといけないからね。

勝負が均衡しているときは、最後の一言が決め手になったりする場合もあるくらいなのよ。的確な一言は時に真実よりも説得力を持つわ。まさにディベートのためにあるような言葉じゃない！」

そんな風に褒《ほ》められたのは初めてだった。

「そういえば名前を聞いてなかったわね」

「桜井祐也ですけど」

「じゃあ、桜井クン。これからよろしくね」

目を細めて優しく微笑む。

さっきまで嬉々としていたかと思えば、この笑顔だ。

ふわりとしたかわいらしい笑みに、桜井は顔が熱くなるのをどうしようもできなかった。

「九重崎愛良君。勧誘もいいが、そろそろ教師たちが来るころだ」

落ち着き払った本郷のとなりで、橘がおろおろと周囲を気にしている。

「そうね。とりあえず撤退しましょうか。もちろんキミも来るのよ」

答えるひまを与えずに桜井の手を握る。

「え、あの、ちょっと――」

やわらかな手のひらの感触に思わず声が詰まってしまう。

橘がつながれたふたりの手にちらりと視線を落とし、すぐに逸らした。

「反論ならあとで聞くわ。じゃ、一時解散！」

九重崎に手を引かれながら、桜井は学校の廊下を疾走した。

走れない。そう思っていた。

だけど今、桜井は走っている。九重崎に手を引かれながら。

けれども胸にあるのは喜びよりもとまどいだった。

美人の先輩と手をつないで学校の中を走りまわっている。

いったいなにをどうしたらこんな状況になるのだろうか。

とまどう桜井などおかまいなしに、九重崎は廊下を駆け抜けていく。

細くやわらかな指先が、桜井の手を力強くにぎっていた。

意識すると急に恥ずかしくなってきた。

そもそも女の子と手をつないだ経験さえろくにない。しかもこんな美人だ。手のひらにべったりと汗をかきはじめているのがわかる。

手をつなぐだけでこんなに緊張しているなんて、それこそ恥ずかしすぎて気づかれるわけにはいかない。

階段を駆け下り、踊り場を曲がるさいに一瞬だけ足を遅らせて、さりげなく手を離した。

九重崎はそのまま降りていく。どうやら気がつかなかったらしい。

安堵しながら追いかける。階段を下りた先で九重崎の足が止まっていた。携帯を操作しているようだった。

「どこに向かってるんですか」

「今決めてるわ」

あっさりと答えが返ってくる。なにかとんでもないことを言われたような気もしたが、気にしないことにした。

「部室とかはないんですか」

桜井としては部室を目指しているのだと思っていたのだが。

「部室ならあるわよ。でも、放送室を無断で使ったばかりだからきっと待ち伏せされてるでしょうね」

桜井は押し黙る。

今のが本気なのか冗談なのか考えているのだが、考えるまでもなく99％本気だろうとあきらめの境地で結論づけた。

「あ、心配しないで」

九重崎が優しく声をかける。

「明日になれば、本郷部長の力でうやむやになってるから」

誰もそんな心配していない。

しかもどうやら初めてどころか、すでに何度も経験があるような口ぶりだった。

「なんか、慣れてますね」

声に出てしまったが、この場合はいいかと思い直した。

色々と規格外の部活のせいで、細かいことがだんだんどうでもよくなっていく。

「放送室以外にも、図書室や職員室にだって乗り込んだわよ。さすがに職員室はすぐ追い出されたけど」

声に不満をにじませていた。

「ちょっと職員室で一時間くらい大声を出したって別にいいわよねえ」

いいわけがない。

答えるかわりに、呆れ混じりの質問を返した。

「なんでそんなに外でやろうとするんですか」

「だってそのほうが楽しいじゃない。そのために即興型のディベートをしてるんだし」

桜井にはひとつも共感できない答えだった。

「要するに先輩の趣味ってことじゃないですか」

「あら、もちろんそれだけじゃないわよ。もともとディベートっていうのは政策決定を民衆の前ではじめたのが最初なの。つまり人前でやるものなのよ。実際のディベートだってそれなりに観客が入るんだし、そのための経験を積んでおかないとね。身内の前ではうまくできても、本番で実力を発揮できなかったらもったいないじゃない」

そう言ってから、ニヤリと桜井に微笑みかけた。

「少なくとも、こんな美人の先輩と手をつなぐだけで恥ずかしくなるようじゃまだまだね」

桜井はぐっと言葉を呑み込んだ。

ごまかせたつもりでいたが、しっかり見抜かれていたらしい。

「自分で美人とか言わないでくださいよ……」

せめてもの反撃も、九重崎にあっさり受け流された。

「あらそう？　じゃあディベートで決めましょう」

「……え？」

「『九重崎愛良は美人である』。アタシは否定するわ。だって自分で美人て言うなんて恥ずかしいもの」

どの口でそんなセリフを言うのだろうか。

「それに自分じゃどこが美人なのかわからないのよね。あたしよりキレイな人はテレビの中にいくらでもいるし。というわけでアタシは美人じゃないわ。はい、反論して」

「…………え？」

展開の速さについていけず生返事を返すと、九重崎はしなを作るように身体をよじり、上目使いに桜井を見た。

「アタシのこと、キレイって言って？」

再度声を詰まらせた。

ディベートをするまでもなく、九重崎は間違いなく魅力的なのだ。仕草のひとつひとつに過敏な反応をしてしまう。

桜井は身体に力をこめて邪念を追い払った。

どうせ言えないと思っているのだろう。桜井だって男だ。やられっぱなしで黙っているわけにはいかない。

できる限り冷静な声で、さらりと言ってみせた。

「九重崎先輩は、俺が会った中で一番キレイな女の子ですよ」

どうだ、とばかりに九重崎を見る。直後に息を呑んだ。

「うれしい……」

九重崎の碧眼が涙に潤んでいた。

寄り添うようにして桜井の胸に手をつく。

制服越しに伝わる体温が鼓動を爆発させる。柔らかな金髪が桜井にふれるだけで、わけもなく動揺してしまう。

九重崎の意外に細い身体が目の前にある。抱きしめようと思った。かすかに震える腕を持ち上げる。

同時に九重崎の視線が上がった。そっと見上げるまなざしが、桜井の眼前でにへら、とゆるむ。

「んふ、頑張ったんだけどねえ」

桜井の身体が硬直する。その隙にスルリと腕のあいだをすり抜けてしまった。

反則だった。絶対ウソ泣きだと確信していても、あの表情に心動かない男なんていない。

「……どうせそんなところだと思ってましたよ」

この程度のウソなど当然見抜かれているのだろうが、それでも言わないわけにはいかなかった。

「先輩ならそんなこと言われ慣れてるでしょうし」

「あら、そんなことないわよ」

答える九重崎の表情は意外なほど真剣だった。

「うれしいっていうのは本当よ。キレイって言ってもらえて、うれしくない女の子なんていないもの」

わずかにうつむき、小さな声で告げた。

「みんなアタシを遠くから眺めるだけで、全然話しかけてくれないの。たまに声をかけてくる人がいても、アタシのことを神様かなにかと勘違いしている子か、アタシを口説くことしか考えていない男ばっかりだったわ。そういうとき、男はどこ見てるか知ってる？ アタシの目を見ないで、身体ばかり眺めまわしてるのよ。ほんと死ねばいいわ」

怒りをあらわに吐き捨てたが、すぐに口元をゆるませた。

「だからね、うれしかったの。アタシの目を見てキレイって言ってくれたの、桜井クンが初めてだったから」

その声にからかうような響きはなかった。微笑を隠すようにうつむいている。

「それにね、アタシのこと女の子って言ってくれたでしょ。あれ、本当にうれしかったの。そんな風に思ってくれた人、ずっといなかったから」

桜井はなんと声をかければいいのかわからず、無言のまま時間が過ぎた。

校舎に残る生徒たちの会話。部活に精を出す生徒たちのかけ声。廊下を歩く無数の足音。遠くから聞こえる喧騒《けんそう》だけがふたりを包んでいる。

九重崎の唇が小さく動いたが、遠くに響く喧噪のせいでなにを言ったのかは聞き取れない。

そのはずだった。

会話と会話のあいだに訪れる小さな沈黙。かけ声が途切れる息継ぎの合間。足音が止まる一瞬の時間。

本来ならバラバラに存在するすべての偶然が、わずかな瞬間、重なった。

音の消えた放課後の校舎に、本来なら聞こえなかったはずの九重崎の声が響いた。


「キミのこと、本当にスキになっちゃうかも」


好戦的な声でも、甘くささやく声でもない、寂しさを含んだ小さな声。

九重崎の本音に触れた気がして、桜井はゆっくりと近づいた。

背の高い九重崎の身体が、今はとても小さく見えた。どんなに美人でも、どんなに妖艶《ようえん》でも、目の前にいる上級生はひとりの女の子に過ぎないのだと思い知らされる。

「先輩……」

桜井の声に促されるようにして、金色の髪に隠された表情が桜井を見上げる。

口元を歪める邪な笑みが目の前にあった。

「うふっ。ドキドキしたでしょ？」

「……先輩！　いくらなんでも怒りますよ！」

桜井が大声を上げると、九重崎は笑みを絶やさないまますするりとそばを離れた。

「そんなこと言って、本当は嬉しいくせに」

「そんなわけないですよ！」

「でも顔は真っ赤よ？」

慌てて顔に手を当てる。

直後に、ニタニタと見つめる九重崎の視線に気がついた。

「やっぱりそうなんだ」

怒りなのか羞恥なのかわからない感情のせいで、今度こそ本当に顔が熱くなっていくのがわかった。

せめて表情だけでも隠そうと背中を向ける。

「いやあ、桜井クンは反応が新鮮でいいわね！」

九重崎の手がバシバシと背中を叩く。

「でもこれもディベートのためだもの。アタシ、ディベートの強い人って好きよ。だから桜井クンもがんばってね」

腕をからめる取るようにして抱きつき、耳元でささやく。

押しつけられた胸が桜井の腕に当たっている、ようで当たっていなかった。制服一枚へだてたところで寸止めにされている。

もうなにをやっても勝てる気がしなかった。

「ディベートのためって、そもそもディベートってなんなんですか」

いまさらな質問をしてみる。

少なくとも、桜井の中にあるディベートのイメージはずいぶんと様変わりをしていた。

「そうねえ。一般的には討論って思われてるけど、だいたいそんな感じであってるわ」

「だいたいって、じゃあ本当は違うものなんですか？」

「正確には、アタシたちがやっているのは『競技ディベート』よ」

九重崎の声は誇らしげでもあった。

「最大の特徴は、第三者であるジャッジが勝敗を決定する点ね。だから場合によっては、真実とは違う結論になることもあるわ」

そういえば、放送の中でもそんなようなことを言っていた。しかし桜井には今ひとつ実感がわかない。

「イギリスで実際にあったディベートがよく例として挙げられるわ。そのときのテーマが『地球は丸いか四角いか』。どっちが勝ったと思う？」

「そんなの……丸いに決まっているじゃないですか」

九重崎が底意地の悪い笑みを浮かべた。

「ところが、実際に勝ったのは『地球は四角い』だったそうよ」

「そんなこと……ありえるんですか？」

どんな説明をされても、「地球は四角い」などと言われて信じるはずがない。

だがしかし桜井は気がついた。

地球が四角いと言われても信じられないように、地球が丸いことを言葉だけで信じさせることはできるのだろうか。あのガリレオだって、地球が宇宙の中心であると一度は認めさせられたのだ。

言葉を失う桜井に、九重崎が笑みを深める。

「そうよ、言葉だけで物事を伝えるのはとても難しいわ。それこそがディベートの最大の魅力だし、『説得力を競うゲーム』と言われる理由でもあるの。ジャッジはディベート内で述べられた発言だけを比較して、肯定側と否定側の主張のどちらに根拠があったかを判断するわ。だから時として、四角いが丸いを論破する場合もある。そこが面白いのよ」

「……面白いんですか？」

「当然じゃない！　だって、地球が四角いのよ!?」

深い意味もなく聞いたのだが、九重崎は勢いよくうなずいた。

「ありえないことが起こったときの呆然とした表情。どよめく空気。驚愕の視線。そのためにディベートをしているようなものよ」

勢い込む九重崎は興奮しているというより、恍惚《こうこつ》の表情を浮かべていた。

「特に対戦者のあの愕然とした表情。今思い出すだけでもゾクゾクするわあ……」

にたあ、と淫らな表情でつぶやく。

ああ、と。桜井は今になって九重崎愛良という人間を理解した。人をからかうのも、あり得ない場所でディベートをするのも、全部「面白いから」なのだ。全身でゾクゾクできればそれでいい。他の判断基準など存在しない。きっとこの人は性根が腐っているんだろう。

巻き込まれるほうにとってみれば迷惑なだけの存在だ。

誰も話しかけてくれない、と告白したのも、実は本当なのかもしれない。誰だってやっかいごとに巻き込まれたいとは思わないはずだ。

でも桜井は、自由な九重崎をうらやましいと感じはじめていた。


九重崎が向かった先は、校舎の二階、三年生の教室が並ぶ廊下だった。

一年生のような浮ついた雰囲気はなく、廊下の空気が引き締まって感じられた。なんだか不法侵入を犯したようで居心地が悪い。

そんな桜井の気持ちなどお構いなしに九重崎は進んでいく。

「今日はここでするそうよ」

立ち止まったのは、とある三年生の教室だった。

どうせろくでもないことを考えているのだろうが、それでも一応聞いてみる。

「……なにをする気なんですか」

「人気のない教室で男と女がふたりきり。なんだと思う？」

妖しい笑みを残して教室内へと入っていく。

いいかげん慣れたとはいえ、まだ少しドキドキする胸を押さえて後に続いた。

教室内には十人前後の生徒が残っていた。

ふたりきりでないことを密かにガッカリしたのは黙っておく。

九重崎が視線だけでちらりと振り返った。

「そんなに期待されると、アタシまで嬉しくなっちゃうじゃない」

ぐっ、と漏れそうになる言葉を呑み込んだ。なにを言っても見透かされてしまう気がする。内心の動揺を押し殺し、大股で九重崎の横を抜けて教室内へと入った。

教壇の前で、本郷と橘がすでに待っていた。堂々と直立不動の体勢を保つ本郷の横で、橘が体を縮こまらせている。やはり上級生の教室は肩身が狭いようだ。

「遅かったな九重崎愛良君」

「桜井クンが遅くてね」

遅れた理由は間違いなく九重崎が余計なことをしたからだが、桜井にその理由を自ら話すほどの根性はない。

「まさかと思いますけど、ここでディベートをするんですか」

いくらなんでもそれはないだろうという思いもあっての質問だった。

「当然じゃない」

胸を張って肯定されてしまう。

落ち着いてきた目で周囲を見回してみると、三年生たちは突然の乱入者に驚く様子もなく、むしろ面白がって桜井たちを眺めている。

これが一年生の教室だったら今ごろは大騒ぎだろうが、そんな様子もない。すっかり慣れた反応だ。「今日はうちの教室でやるのか」とでもいうようなウェルカムムードが流れている。

「じゃ、さっそくはじめるわよ。次は本郷部長と橘ちゃんね」

「了解した」

「よっ、よろしくお願いします！」

余裕を持って構える本郷に向かって、橘が勢いよく頭を下げている。すでに緊張であがり気味のようだった。

その関係はディベートでも変わらなかった。

堂々と威厳に満ちた態度で演説する本郷とは対照的に、橘は終始怯《おび》えていた。他学年の教室だから萎縮しているというだけではない。元々が口べたなのだろう。何度も言葉につっかえたりしながらも、それでも橘は最後までやり通した。

桜井には不思議でならない。

小柄で、たぶん人見知りと思われる橘のどこにこんな勇気があったのだろうか。

健気《けなげ》にがんばる橘もそうだが、本郷にも手を抜いている様子は見られなかった。本気でディベートに臨んでいる。

「どうしてですか」

気がついたらたずねていた。

「どうして、そこまでディベートなんかに打ち込めるんですか」

本郷が「ふむ」と小さくうなずいてから答える。

「人は進化の過程で言語を獲得し、社会を作った。その言葉を用いた争いは、人の上に立つ者として当然のたしなみとは思わないかね」

「……はあ」

いきなりなにを言い出すんだろうこの人は、というのが率直な感想だった。

人の上に立つって、この人は王かなにかなのか？

「本郷部長はとある政治家の息子なのよ。かつて早稲田の弁論部からは多くの政治家が輩出されたくらいだし。ディベート部を作ったのも本郷部長なのよ」

なるほど、この人が諸悪の根源か。

「ディベートとは最も激しく、最も平和な闘争だ。我が国が保有するべき最も強力な兵器といえるだろう」

「はあ、そんなものですか」

桜井にはピンとこなかったが、本人がいたってマジメだというのはよくわかった。

「橘さんもそうなのか？」

怯えがちの一年生にもたずねてみる。

まさかこの子も社会がどうとか言い出すんじゃないだろうな。

「わ、私は、その……もっと積極的に、と思いまして……」

肩を縮ませて下を向きながら、懸命に言葉をつむいでいる。

「私は、このように……その、なので……はい」

後半はなにを言っているのかほとんど聞き取れなかったが、それでもなにを伝えたいのかはわかる。

つまり自分を変えたいのだろう。

人前で強制的に発言させられるディベート部なら、あがり症を治すのにうってつけといえなくもない。正直もっとマシな部を選べばよかったのにと思わないでもなかったが、橘の真剣な思いに水を差すのも悪い気がして黙っていた。

「先輩はなん……いいえ、やっぱりなんでもないです」

「もちろん楽しいからよ！」

途中で聞くのをやめたのに答えてくれる。

迷いの一切ない様子には感動すら覚えてしまった。

桜井の中でなにかがうずく。

ここまではっきり「楽しい」と思えるものが、今後の自分には見つかるのだろうか。

友達がいるから、みんなやっているから。そんな理由も悪くない。

でもスッキリとしない気持ちもあった。間違っていないだけで、正しくもない。そんな違和感が胸の中に広がっていく。

「またお前らかディベート部ども！」

突然の大声が教室内に響いた。

扉をたたき壊すような勢いで開き、怒りをあらわにした増岡が乗り込んでくる。桜井の姿に気づいてさらに表情を歪ませた。

「桜井祐也……貴様、私の呼び出しを無視していい度胸だな……！」

いまさらながらに、職員室に呼びされていたのを思い出した。

「なに、知り合いなの？」

九重崎が増岡の剣幕を無視してたずねる。

「うちの担任です」

「あらあ。こんなのが担任だなんて一年をムダにしちゃったわね」

本人を目の前にして声をひそめようという気もないらしい。増岡の顔が、怒りを通り越して醜悪とさえ呼べる表情になっていった。

桜井はもはや気が気でない。増岡を怒らせて一番被害を受けるのは、毎日顔を合わせている桜井なのだ。

かといって桜井には九重崎を止められない。

ここは部長の力を借りようと本郷を振り返ると、さっきまでいたはずの場所からはすでに移動していて、いつのまにか橘とふたりでこっそり教室を出るところだった。

いつ移動したのか、まったく気がつかなかった。手際が鮮やかすぎて恨む気持ちすらわいてこない。

「あ、そうだ。桜井クンにこれを渡すの忘れてた」

張り詰めた空気の中でも九重崎だけが変わることのないまま、一枚の紙切れを手渡してくる。

「入部届よ。今日の仮入部はこれで終わりだから」

時計を見れば、とっくに部活動終了の時間だ。

「楽しかったでしょ？」

邪気のない純粋な笑顔でたずねてくる。

普段は人をからかって面白がってばかりなのに、こんなときだけ年相応のかわいい笑顔を浮かべてみせる。狙っているのなら卑怯というしかなかった。

だからといって素直に認めるのも悔しいため、視線を外しながら「ええ、まあ」とあいまいにうなずいた。

「九重崎、今日という今日は許さんぞ！」

増岡が怒りをあらわに叫んだ。九重崎がさらりと受け流す。

「お久しぶりです増岡先生。アタシは用があるのでこれで失礼しますね」

「いつもいつも、教師である私をバカにしおって……！」

「あら先生、人間は平等ではなかったのですか。教師だからといってアタシがバカにしてはいけないなんておかしいと思いませんか？」

「くだらん屁理屈を……！」

相手が誰であれバカにしてはいけないのだが、頭に血が上った増岡は気付かないようだった。

九重崎の視線が、チラリとだけ教室を出て行く橘を見た。

今この時になってようやく、九重崎は増岡をわざと挑発しているのだと気がついた。

橘を逃がすために、わざと自分に注意を引きつけていたのだ。

他人の迷惑なんて考えない自己中心的な人だと思っていた桜井は、九重崎の意外な行動に驚いていた。

もくろみ通り橘は教室を抜け出している。

しかし、それでは九重崎は――

「停学程度で済むと思うな！」

その言葉を聞いた瞬間、考えるより先に身体が動いていた。

増岡と九重崎のあいだに割って入る。

何度もやり合っているらしい九重崎と違い、初犯の桜井なら「停学程度」で済むだろう。

「先輩、今のうちに――」

言い終える前に、背後から伸ばされた九重崎の指が、桜井の唇に触れた。

「ありがとう桜井クン。それ以上言ったら、キミのこともっと好きになっちゃうわ」

優しく笑みを浮かべる。

「でも先輩――」

「大丈夫よ。アタシを誰だと思っているの？」

九重崎はそう言うが、教室を出る道は増岡がふさいでいる。横を走り抜けようにも、増岡がそれを許さないだろう。

逃げ道はない。

どうするのかと思っていたら、九重崎は背後の窓を開け、身を乗り上げた。

振り返った美貌が妖しく笑う。

「では先生さようなら。桜井クンも、また明日ね」

手を振り、ためらうことなく飛び降りた。

「え⁉」

さすがに驚いたのは桜井だけではなかった。悲鳴のような声が他の生徒たちからも漏れる。

桜井と増岡は並んで窓の下をのぞきこんだ。

「ウソだろ……」

「あの女……っ！」

ふたり同時にうめき声を上げる。

いったいどんな運動神経なのか、木の枝をつかんで勢いを殺しながら、下の地面に平然と着地していた。

いくらここが二階とはいえ、飛び降りても平気な高さではない。

周囲の生徒も目を見開いて九重崎を見つめていた。空から生徒がいきなり降ってきたのだから、驚くのも無理はないだろう。

九重崎は周囲を見回し、最後に桜井たちを見上げると、満足そうな笑みを残して校舎の中に消えていった。

増岡が悔しげに顔を歪めている。

桜井はすっかり神経が麻痺《まひ》してしまっていた。

先輩ならこのくらいやりかねない、などとあり得ない納得をしてしまう。

「おい桜井祐也」

不機嫌な声が呼びかけてくる。

「貴様、まさかディベート部に入るつもりじゃないだろうな」

増岡の目は、桜井の手がにぎる入部届に向けられていた。

「いえ、これは……」

言葉をにごしてポケットの中にねじ込む。

とっさの行動だったが、乱雑な扱いに気をよくしたのか、増岡の声がほんの少しだけやわらいだ。

「どうせ九重崎の色気に惑《まど》わされたのだろうが、あの部はやめておけ。まともな高校生活など送れないものと思えよ」

断言する口調は「この俺が許さない」と宣言しているようなものだった。実際、神経質で粘着質な増岡に目をつけられれば、まともな学校生活など望めないだろう。

「わかりました」

桜井は素直にうなずいた。

確かに九重崎は魅力的だ。主に外見が、ではあるが、それでも一緒に部活をできれば楽しいだろう。

しかしそれも平和な学校生活を送れればの話だ。

余計なことに首を突っ込んで目をつけられる必要などない。

無難な高校生活を送れればそれでいいはずだ。

そう言い聞かせて、ポケットの中の入部届を握りしめた。


次の日、少し早めに登校すると、新村がすでに教室内で待っていた。周囲を気にしていたり、しきりに鏡を取り出したりと、なにやらそわそわしている。

教室に入った桜井に気がつくと、慌てて鏡を机の中に隠した。

「お、おはよう桜井君」

無理に作ったような笑顔を向ける。

「おはよう。悪いな朝早くから呼び出して」

「ううん、大丈夫。今日は朝練だったから、桜井君のおかげで早く抜けられたし」

机の横には今もラケットケースが置かれている。

「それで、私に用って……？」

緊張気味のまなざしでたずねてくる。

「いや、大した用じゃないんだ。昨日約束してたのに仮入部に行けなかっただろ。それを謝ろうと思って」

「あ、そのことなんだ」

ホッとしたようなガッカリしたような、微妙な声音でつぶやく。

真面目な新村のことだから怒っているかとも思ったのだが、気にしてはいないようだった。

「あの増岡に捕まったんじゃ、しょうがないわよ」

同情するようにつぶやく。

実際、あのあと職員室に連行され、学生としてのあるべき姿をひとしきり語られたのだから、間違っているわけでもないのだが。

それよりも新村は別の理由で怒っているらしかった。

「昨日の放送聞いた？　信じられないわ」

放送室を乗っ取ったゲリラディベートに腹を立てているらしかった。

桜井は苦笑いで同意しておく。

「しかもあの放送のあと、廊下を走り回ったあげくに三年生の教室に乗り込んで、さらに続きをやったんだって」

「へ、へーそうなんだ」

その廊下を走り回って三年生の教室に乗り込んだ内のひとりが桜井と知ったらどんな反応をするだろうか。確かめてみる気は起きなかったので乾いた笑みでごまかすことにした。

「ディベート部って去年できた部活らしいんだけど、その頃から昨日みたいなことをやってたんだって。それで色々な先生に注意されているんだけど、部長がなんか偉い人の子供みたいで、あんまり強く言えないみたいなの」

そういえば、本郷先輩は政治家の息子と言っていた。

「それに副部長って人も妙に発言力があるらしくて、いっつも問題を起こすくせに、結局なにも言われないんだって。ほんと頭にくるわよね。ルールを守らない人たちって最低よ」

ずいぶんと頭にきているらしい。

これでは昨日のことは絶対に言えないなと密かに決意する。自分から言い出さない限りバレるはずはないだろうが、用心して困ることもない。

「ほんと、あんな部に入る人の気が知れないわ」

「そういえばひとり一年で入ってるやつがいたよな」

「……詳《くわ》しいのね」

「え⁉　あ、いや、ほら昨日の放送で確かそんなことを言ってただろ……⁉」

慌てて言い訳をする。

新村は特に追求しなかった。疑っていたわけではないらしい。

とはいえ危険な話題であることに変わりはない。話を変えようとしたところで、別の声が割り込んできた。

「よう、その話なら俺も聞いたぜ」

郡山が、朝から眠そうな声で会話に混ざってくる。

「放送室を乗っ取ったのも昨日が初めてじゃないんだろ」

そういえばそんなことも言っていたなとぼんやり思い出す。どうやらディベート部は思っていた以上に有名な部活のようだった。

「他にも、超絶美人の金髪美女がいるとか、裏で政治を操っているとか、色々聞いたぜ。昨日なんか数千万はする壺を蹴っ飛ばしたらしいじゃねえか」

もう笑うしかない。

「意外と全部本当のことだったりしてな」

半ばやけくそになって言うと、郡山も「そりゃすげーな」と笑ってくれた。

「そんなの全然すごくなんかないわよ」

ディベート部のことを楽しく話されるのが不愉快だったのか、新村がムキになって反論してきた。

「窓から飛び降りたりだとか、職員室に乗り込んだことがあるだとかも聞いたことがあるわよ。そんなのろくな部活じゃないわよ」

「いくらなんでもそれはないだろ。窓から飛び降りるとかもう人間業じゃねーぞ」

残念ながら全部本当である。

「そうかもしれないけど」

新村が少したじろいだが、すぐに言い返してきた。

「でも、そんな噂が立つこと自体、ろくな部活じゃないってことでしょ」

その意見には郡山も賛成のようだった。

「そうだよなあ。見てる分にはいいけど、入るとなるとちょっとなあ。確か増岡にも目をつけられてるんだろ。昨日言ってた『けしからん部活』ってのも、ディベート部のことなんだろうな」

他にも部活はたくさんあるのに、わざわざそんなところに入って貴重な高校生活の三年間を無駄にすることもない。

それは確かにその通りだった。

「ところで桜井は結局どの部活にするんだ」

「いや、俺は……」

いまさら答えなんて決まりきっているはずだった。なのに言葉にできない。

「郡山はどうすんだ」

逃げるように質問で返す。

「昨日ソフトテニス部に行ったんだろ。どうだったんだ」

たずねると、郡山は「よくぞ聞いてくれた」みたいな笑顔になった。

「俺はソフトテニス部に入る！」

じつにイイ笑顔で宣言されてしまった。

となりの新村もさすがにビックリした顔をしている。

郡山は桜井の肩をつかむと、新村には聞こえないように声をひそめた。

「ここだけの話なんだけどよ、二年の高嶺《たかみね》って先輩がメチャクチャかわいいんだよ」

「メチャクチャって、どれくらいだよ」

「あんな美人初めて見たね」

そこまで言われては反応しないわけにはいかない。

「だったら俺も一度は見てみるかな」

「おう、入れ入れ。新村は桜井にゆずってやる。そのかわり高嶺先輩は俺のだからな」

「たった今その美人の先輩目当てに入るって言ったばかりなんだが」

「まあそういうな。新村だって悪くはねえぞ。そりゃ確かに高嶺先輩と比べたら、顔は普通だし胸もないし身体はちっこいし性格はちょいキツめだし……でも悪くねえぞ」

なにひとつフォローになっていない。

ちらりと新村に目をやると、自分の名前が聞こえたのか、やたらと桜井たちの様子を気にしていた。

「比べる相手が悪かったたか。俺だってあの先輩目当てに入るようなものだし。他にも同じやつらはいたからライバルは多いだろうけどな」

でもよ、と郡山は急に真面目な声になる。

「ライバルが多いからって、あきらめる理由にはならねえだろ。手を挙げなきゃ選ばれるものも選ばれねえんだからな」

その声に自嘲するような響きはない。本気で言っているのだとわかり、桜井は少し感心してしまった。

九重崎も、手を伸ばさなければ未来はつかめないといっていた。

未来は待っていてもやってくる。しかし、輝ける未来はつかみ取らなければならない。

中学からの友人を見直すと同時に、桜井は疎外感も覚えていた。

郡山は「目的」を見つけたのだ。

みんな先へ進んでいく。桜井だけが取り残されていた。

「それで、どうすんだ」

「どうって？　仕方ないから美人の先輩は郡山にゆずるよ。ライバルは少ないほうがいいんだろ」

「それはありがとうよ。だけどそうじゃねえ。部活はどこに入るのかってことだ」

そんなことはわかっていた。ほんの数秒でもいいから、結論を先送りにしたかっただけだ。

「そりゃあ――」

言葉が途切れる。この後に及んでもまだ迷っていた。

腹に力を込め、振り切るように答えた。

「――ソフトテニス部に入るよ」

言った。言ってしまった。

となりで新村のホッとするような気配があった。カバンの中を探り、一枚の紙を取り出す。

「桜井君の入部届もらってきておいたよ。郡山君は昨日のうちに出しちゃったけど」

「郡山、お前即決かよ」

「ビビビッとくるものがあったんでな」

自慢そうに語る。よほどタイプだったらしい。

桜井はペンを取り、入部届に手を置く。

たった六文字を書こうとして手が止まった。

頭の中に九重崎の笑顔がよみがえる。彩るように広がる美しい金色の髪が。桜井を惑わす妖しい笑みが。気負うことなく「また明日ね」と言ってのけたあの不敵な表情が思い出される。

ディベート部に入った自分を想像してみた。

ソフトテニス部の先輩がどれほどの美人か知らないが、九重崎もかなりの美人だ。一緒の部活に入れば、それは楽しいだろう。

それにディベート部は噂通りの部活だ。刺激的で飽きることのない毎日が待っている。それこそまさにドラマのような日々だ。

でも、現実にはそうならない。

教師に目をつけられれば面倒が増えるだけだ。内申にだって響くだろう。新村のように嫌う生徒だって少なくないはずだ。

多くのものを得るかわりに、多くのものを失う。それは楽しい高校生活からはかけ離れている。

ありふれた日常の中にこそ幸せはある。変わらなくても、そのままが一番幸せ。そんな話は何度も聞いてきた。

平凡で退屈な毎日とは、おだやかで平和な毎日だ。

それは悪くない。決して悪くなんかない。

桜井はペンを持つ手を握り直した。まとわりつく思いを振り切るように力強く「ソフトテニス部」と書いた。

書いてしまうと心が楽になった。あんなに悩んでいたのがバカらしくなったほどだ。

そうだ。なにも悩む必要なんてない。

一日一緒にいたせいで、なんだか妙な義理を感じてしまっていたが、それだけで決めてしまえるほど部活選びは簡単ではない。ディベート部のような特殊な部活になるとなおさらだ。

頭の中には九重崎の笑顔がこびりついていたが、それもいずれ薄れるだろう。

平凡な毎日。平凡な青春。それでなんの問題もない。そうだろ？


放課後になり、桜井は入部届を持ってテニスコートにやってきた。

部室はテニスコートの横にあるらしく、入部届を持った一年生が長い列を作っている。どうせ郡山みたいな女の子目当ての男ばかりなのだろうと思っていたら、意外と女の子も多い。二、三十人くらいはいる新入生のうち、半分が女の子だった。

コートではすでに練習がはじまっている。新入生であるはずの新村も一緒になって練習していた。たかが練習とはいえ、目つきは真剣だ。

しばらく眺めていたら、一緒に並んでいた郡山がニヤニヤと声をかけてきた。

「な、めっちゃ美人だろ」

興奮気味にささやく。

郡山はすでに入部届を出しているので、本来なら並ぶ必要はない。

それでも桜井のためについてきてくれたのかとちょっぴり感動していたのだが、どうやらコートの外から高嶺先輩とやらを眺めたかっただけらしい。男の友情なんてそんなものだ。

郡山にたずねる必要もなく、ひとりだけ飛び抜けてキレイな人がいた。

明るい色のポニーテールが動きに合わせて軽やかに跳ねている。スポーツ選手特有の引き締まったスタイルをしていながら、お嬢様のように清楚《せいそ》な笑みが魅力の、確かに美人な先輩だった。

「いやあ、あれはレベル高いよ。全国に彼氏がいても驚かないね」

「愛すべき花のような人だよなあ」

郡山のだらしないつぶやきに、周囲の名も知らない男子生徒たちがそろってうなずいていた。

確かにキレイだ。

でも桜井は、郡山たちのようにのめり込むことができなかった。

「どうしたの桜井君」

練習を切り上げた新村がやってきた。郡山がニヤけきった笑みで答える。

「新村もテニスウェアを着ればさらに三割り増しでかわいくなるのになって話をしていたところだ」

そんなことが話題に上った記憶はまったくなかったが、名も知らない男子生徒たちがうんうんとうなずいていた。お前ら仲いいな。

新村が顔を赤くし、鋭い目で郡山と桜井を睨みつける。

「これだから男子ってのは。どうせ桜井君も高嶺先輩が目当てなんでしょ」

「いや、俺は……」

口を開こうとしたところで、不意に周囲が騒がしくなった。

周りの生徒たちが校舎を見上げている。同じように桜井も見上げた。

目を疑った。

傲然《ごうぜん》たる笑み。堂々とした態度。学校指定を無視した黒いセーラー服と、風にたなびく透き通った金色の髪。

柵もない屋上から身を乗り出すようにして、九重崎愛良がそこにいた。

拡声器を片手に持ち、コートに集まる生徒たちへ呼びかける。

「今日はいい天気ね。屋上でディベートをやるには絶好の日だと思わないかしら」

問いかけられても答える者などいない。

そもそもディベートは屋上でやるものじゃないだろというツッコミは誰の胸にもあっただろうが、誰もなにも口にしない。呆然と屋上を見上げていた。

「昨日は放送室を勝手に使うなと注意を受けたから、今日は屋上で公開討論《オープン・ディベート》を行うわ」

九重崎の隣に小柄な人影が現れた。

橘がふるえる瞳でコートを見下ろしている。九重崎が立つ場所から三歩以上も下がった場所で立ち止まっていた。

ふたりのあいだに本郷が立つ。

どうやら今日は九重崎と橘がディベートをするようだ。

本郷が手にした箱の中から一枚の紙を取りだす。

「本日のテーマは『スーパーのレジ袋はすべて有料にすべきである。是か非か』だ。肯定側が九重崎愛良君。否定側が橘詩織君のようだな」

九重崎が不満顔になる。

たった一日のつきあいだったが、桜井にはわかった。

「そんな普通のテーマなんてゾクゾクしないわ」とでも思っているのだろう。

対する橘は昨日以上に緊張していた。屋上の上で、しかもこの人数だ。緊張をまるで感じさせない九重崎がおかしいというべきだろう。

九重崎が「みんなで買い物袋を持てば資源の節約になるし、店も余計なコストが減る。環境にだって優しい。メリットしかない」と主張するのに対し、橘は「レジ袋がないとゴミ捨てのときに困る」とか「レジ袋会社の人がかわいそう」とか主張していた。

口べたで人見知りするあの橘がここまで話すのは相当な勇気が必要だっただろうが、それでも投げだそうとはしない。健気にがんばっていた。

しかし、その姿を見て桜井の中にイラつくような感情が芽生えていた。

「なんなのあの人たち」

新村が怒っている。

郡山が「くそ、スカートの中が見えそうで見えねえ」と悔しそうにうめいて新村に睨まれていた。しかし同時に「いくらなんでもこんなところでやらなくてもいいじゃねえか」とあきれ気味でもある。

桜井も腹を立てていた。ただし、橘の主張に対してだ。

九重崎は「レジ袋を有料化すれば地球環境が改善される」と主張しているのだから、それを否定しなければならない。家のゴミとか、レジ袋の会社なんてどうでもいい。

橘は「レジ袋を五円十円程度にしても効果はほとんどなく、肯定側が主張したようなメリットは発生しない」と主張すべきだった。その上で初めて「消費者の負担が増えるだけでデメリットしかない」と主張できるのだ。

思ったところで橘に届くわけでもない。

このディベートは九重崎が勝つだろう。

でも。

桜井が思った内容を九重崎に主張したら、どう反論されるのだろうか。

九重崎がするであろう反論がいくつも浮かび、それらに対する再反論が瞬時に思い浮かぶ。

これを言ったらどうなるだろう。このロジックからこの主張につなげたら、反論は不可能なのではないか。

ひとつの思考が発想を広げ、次の思考を導き出す。

思考が止まらない。意識が際限なく拡大していく。音も色もすべてが消え、自分の意識だけが世界のすべてになる。

それは時間にすれば二秒もない、しかし脳髄が痺《しび》れるような体験だった。

――これだ。

桜井は確信した。

これこそが九重崎にさえ「ゾクゾクする」と言わせた、ディベートの魅力なのだ。

友達や美人の先輩とする部活は楽しいだろう。

でも、額に汗して練習する新村たちを見ながら、違和感を覚えていた。

コートに立つ姿を想像できない。

ぬるい練習を繰り返す自分は、なにかが違う。もの足りない。

発想の飛躍が九重崎の論理的矛盾を見破ったときのような、あの精神的昂揚《こうよう》を感じない。

桜井は悟った。

ここには普通の日常しかない。もっと楽しくなるはずのなにかは、ここにはないのだ。

新村が同意を求めるようにつぶやく。桜井は「そうだな」と言葉を返した。

「ほんと迷惑よね」

拡声器を使ったバカでかい声でディベートをはじめられたら、真剣に練習をする生徒にとっては邪魔でしかない。新村が怒るのも当たり前だった。

でも、桜井の中にふつふつとわき上がってくるものがあった。

それに気がついたとき、自分の中にあるその感情を自覚した。

なんていうことはない。つまり自分はそういう人間だったのだ。

知ってしまったからにはもう戻れない。

そこには、日常の中にいては決して得られない、非日常の快楽がひそんでいた。

「確かに迷惑だよな」

新村がうんうんとうなずいている。

「でもよ、面白そうじゃないか？」

「……桜井君？」

新村が不安そうな声を出す。

「悪い、これ返すわ」

ソフトテニス部と書かれた入部届を差し出す。

新村は呆然と入部届を見つめていたが、やがて指の先でつまむようにして受け取った。

「桜井君、どこに行っちゃうの……？」

今まで聞いてきた中で一番弱々しい声だった。

少しだけ苦笑しつつも、自信を持って答える。

「俺、他にやりたいことを見つけたわ」


階段を駆け上がる。

走れない。そう思っていた。

だけど今、桜井は自分の意志で走っている。

違和感など、どこにもなかった。

息を切らせながら四階に上がり、屋上へつながる最後の階段を上る。

そこに増岡がいた。

ドアノブをつかんで強引に開けようと奮闘しているが、扉はびくともしないようだった。開けろ、とか叫んでいるが、あの九重崎が教師の言うことを素直に聞くはずがないだろう。

桜井に気づいた増岡が、射るような視線で見下ろしてきた。

「私の忠告を無視してディベート部に入りに来たのか……!?」

桜井は首を振った。

「そんなわけないですよ。入るならこうして閉め出されてませんし」

その説明にはそれなりの説得力があったらしく、増岡は荒々しく息を切らせながら扉の前に座り込んだ。

「屋上にいるのはわかっている。こうなれば出てくるまであきらめんぞ」

屋上への出入り口はひとつしかない。

ここに居座って、やがて出てくる九重崎たちを捕らえるつもりなのだろう。

しかしあの九重崎のことだ。この程度の事態は想定しているに違いない。

どこかに逃げ道があるはずだ。

桜井は黙って階段を下り、近くの空き教室に入った。

窓を開け、身を乗り出すようにして空を見上げる。予想通り、外からは死角となる位置に避難用縄梯子が垂れ下がっていた。

風に揺れる細い縄をつかんで、身体を引っ張り上げる。

屋上の縁に手をかけてよじ登ると、目の前に九重崎が立ちはだかっていた。見下ろす視線が不敵に笑っている。

「初日から遅刻なんて大した度胸じゃない」

「まだ入部してませんよ」

「あら、ずいぶんな反論ね。かわいい彼女と一緒にテニスをしなくていいの？」

ニヤニヤと笑みを浮かべている。屋上からしっかりと見ていたらしい。

「いいんですよ。新村は彼女じゃないですし。それに俺わかったんです」

ポケットに手をいれ、しわだらけの入部届を挑戦状のように突きつけた。

「負けっ放しは性に合わないんで」

いいようにやられたまま引き下がるわけにはいかない。ふつふつとした熱が身体の中心に生まれている。要するに自分は、単なる負けず嫌いだったのだ。

「それは嬉しいわね」

九重崎がニッコリと笑みを浮かべ、桜井の入部届を受け取った。

「何度でもあきらめずに立ち向かうのってステキよ」

美人の九重崎にステキと言われるだけで、わけもなくドキリとしてしまう。絶対ウソだと確信していてもどうしようもないのだ。

九重崎の目がうっとりと桜井を見つめた。

「だって、そのほうが叩きつぶしがいがあるもの」

予想通りというか予想以上の答えだったが、それでこそ九重崎愛良というものだ。

「ちょうど一戦目が終わったところだし、桜井君のデビュー戦はアタシが相手をしてあげようかしら」

桜井の顔にも挑戦的な笑みが浮かぶ。

「望むところです。返り討ちにしてみせますよ、九重崎先輩」

「そんなに求められたらアタシも照れちゃうなあ。あ、それと。アタシのことはアイラでいいわ。みんなそう呼ぶし。名字で呼ばれるのって嫌いなのよね」

「わかりました。アイラ先輩」

拡声器を受け取り、アイラと並んで屋上の縁に向かった。

その下ではソフトテニスの部員たちが大勢いるはずだ。

明日新村になんと言われるだろうか。郡山はあきれるだろうか。クラスの反応はどうだろう。増岡は、まともな学生生活を送らせないと豪語していたが、なにをするつもりなのだろうか。

考えるほどに不安が募《つの》る。

ステージまであと一歩というところで足が止まった。

最後の一歩を踏み出せば自分の姿をさらすことになる。元に戻れなくなる。

友達と過ごす部活は楽しいだろう。

でも、こっちにはこっちの楽しさがある。

どちらがいいのか、なんて答えがあるはずもない。ディベートで決めるしかないだろう。

仮に間違っていたとしても、桜井には後悔しない自信があった。

自分は手を伸ばしただけ。

平凡な日常ではなく、非凡な日常を求めた。

もっともっと楽しいかもしれない。その予感に身をゆだねただけだ。

「平凡な毎日は、非凡な毎日に勝る」

桜井の答えは「否」だ。

平凡とは、デメリットはないがメリットもないということだ。

だったら是も否もない。ないのならば探すだけ。つかみ取ろうと手を伸ばすだけだ。

それが正しいかどうかは、三年後の自分が教えてくれるだろう。

それまではひたすらに求めるしかない。

かすかな不安と大きな期待を胸にして、桜井は生徒たちが見上げる屋上へと最後の一歩を踏み出した。

第二章「1%の才能は99%の努力に勝る。是か非か」

ディベート部に入部して一週間。

あれからなにが変わったかといえば、ほとんどなにも変わらなかった。

郡山は今まで通りに接してくれるし、クラスのみんなもいきなり冷たくなるなんてことはない。

増岡からも心配したほどの差別はなかった。

教師という立場上、桜井を露骨に攻撃したりはできないのだろう。せいぜい国語の授業で当てられる回数が増えたくらいだ。

新村だけが口をきいてくれなくなった。

朝にあいさつをしても、視線を向けるだけで返事もしてくれない。

根が真面目だから、人の迷惑を顧《かえり》みないディベート部の活動に対して怒っているのだろう。

その怒りは当然なだけに桜井としても仲直りしにくい。少しずつ理解してもらうしかないのだろう。

携帯がメールの着信を知らせた。発信者はアイラだ。内容を見て思わず顔をしかめる。

『放課後は図書室に集合のこと。遅れたら罰ゲームだからね♪』

静かな図書室でディベートをすれば当然怒られるだろう。

新村に理解してもらえる日は遠そうだと、ひとり静かに息を吐いた。

相変わらずの長いホームルームのせいで教室を出るのが遅れてしまった。廊下を走って図書室へと急ぐ。

なにしろ「罰ゲーム」だ。なにをされるのか知らないが、あのアイラのことだ、どうせろくでもないことしかされないだろう。

息を切らせて図書室の扉を開け放つ。

瞬間、桜井は足を止めてしまった。

圧力を持った沈黙が図書室内に充満していた。静謐《せいひつ》とさえいえる「私語厳禁」の空気に圧倒される。

時計でさえ、秒針の音を嫌ってデジタルに統一されているような空間だ。紙のこすれるわずかな音と、ノートや参考書の上を走るペンの音だけが響く。

ここは校内で最も神聖な場所であるといえるだろう。職員室でさえ比べものにならない気高さに包まれている。

その一角、いやもうむしろど真ん中と呼ぶべき位置で、アイラが本を読んでいた。

ただそれだけなのに、桜井は顔をしかめてしまう。

アイラの正面には橘が座り、同じように本を読んでいるのだが、こちらはなんの問題もない。図書室の風景に完全に溶け込んだ文学少女だ。

しかしアイラとなると話は別だった。

存在自体が争乱を予感させるオーラに満ちている。静かに本を読んでいる姿など、台風の目以外のなにものでもない。

近づく桜井の姿に気がつくと、アイラは読んでいた本を閉じ、静かに口の端を上げてニタリと妖しく笑った。

一週間も一緒に部活をしていれば嫌でも覚える。

あれは、なにか悪いことを考えているときの笑みだ。

「遅いわよ桜井クン」

「なんだかお腹の腹痛が痛いので今日はこれで失礼します」

「あらそうなの。じゃあ早くしないといけないわね。今日のディベートは桜井クンからはじめましょう」

一瞬で被害が拡大する。

痛烈な先制攻撃にひるみながらも、桜井は慎重に言葉を選んだ。

「……どうして図書室なんですか」

「決まってるじゃない。見てみなさいよ、まわりを」

アイラが両手を広げて周囲を示す。

見なくてもわかっていた。

周囲の視線が刺すように痛い。アイラと少し話しただけなのに、すでに十分すぎるほど注目を集めていた。

この中でディベートをやるのかと思うと、本当に胃が痛くなってくる。

「ディベートって、場合によっては他校でやることもあるわ。観客はもちろん全員他校の生徒。完全なアウェーよね。そのときのために、こうして険悪な雰囲気にも慣れないといけないのよ」

「だからって、ここは少しアウェーすぎませんか」

これでは野球のプレー中にいきなり乗り込んでサッカーをはじめるようなものだ。今にもメガホンが飛んできそうである。

「そうでなきゃ意味ないでしょ。『あのときに比べればこれくらい』って思えるようにならないと」

そんな日は永遠にこないでほしいと桜井は切に願った。

「この程度で気後れしているようじゃ、まだまだ桜井クンは仮入部員どまりね。ほら見なさい本郷部長を」

本郷は腕を組んだ姿勢のまま、堂々として座っていた。その姿だけで人を平伏させる威圧感に満ちている。

「政治家たるもの、多少のヤジを飛ばされようと、敵意の視線を向けられようと、動じてはならないからな。胸を張って演説をすることも政治家の仕事の内だ」

本郷の言葉によどみはない。たぶん本当に信じているのだろう。

「他に反論はないかしら？　じゃ、はじめるわよ」

アイラが立ち上がり、テーブルの上に飛び乗った。全員の視線が集まる。

桜井は聞かずにはいられなかった。

「あの、なんでテーブルの上に……？」

早くも胃に穴の空きそうな桜井とは対照的に、アイラは実に実にイイ笑顔を浮かべている。

「ほら桜井クンも」

「え？　いや、俺は別にこのままで――」

「こんなに美人の先輩が誘ってるんだからつべこべ言わないの！」

桜井の手をつかみ強引に引っ張り上げる。

抵抗も許されないまま、桜井は悟りきった修験者のような表情でテーブルの上へと持ち上げられた。

アイラがいつものテーマ決めの箱、ではなく、一枚の茶封筒を取り出す。

「いつも同じ箱じゃ飽きるでしょ。今日はこれで決めましょ」

封筒を逆さまにすると一枚の紙が落ちてきた。アイラが広げて読み上げる。

「ファーストキスが許されるのは小学生までである。是か非か」

「一択⁉」

「いつもいつも似たようなテーマじゃつまらないじゃない。特別にアタシが考えてきてあげたのよ」

「明らかにネットから拾ってきたテーマじゃないですか！」

「まあどうでもいいわ。とにかくはじめるわよ」

まったくどうでもよくはないが、アイラを止めるなんてできるはずがない。なんだかんだであきらめるしかない桜井だった。

「まずは桜井クンのファーストキスがいつか確かめるところからはじめましょう」

「なんでですか⁉」

やっぱりあきらめたらダメだ。学校にいられなくなってしまう。

「あら、言えないの？」

「言えるとか言えないとか、そういうことではなくてですね……！」

「恥ずかしくないなら当然言えるでしょう？　ほらほら、早く」

ニタニタといやらしい笑みで桜井を急かす。

桜井は歯を食いしばった。

「わかりましたよ、言えばいいんでしょう！　もちろん俺は……――！」

答えようとしたとき、ようやく周囲の様子が目に入った。

いつのまに集まったのか、ギャラリーは数十人以上にまで増えていた。生徒たちが一斉に桜井を注目する。

興奮して頭に昇っていた血が、さあっと引いていった。

恥ずかしさと見栄とプライドがないまぜになって桜井を口ごもらせる。たった一言のウソが言えなくなってしまった。

「ふーん、そうなんだ」

アイラがニヤニヤと笑みを浮かべている。

桜井は自分の顔が熱を帯びていくのがわかった。

「べ、別になんでもいいでしょう！」

「なんでもよくなんかないわ」

意外に真剣な声が響く。

「だって、他でもない桜井クンのことだもの。アタシはうれしかったわよ。桜井クンもまだだってわかって」

「え、それって……」

大勢の視線も忘れて思わず問い返す。

うふっという笑みを聞いて、ようやくはめられたと気がついた。

「やっぱり、そうなんだ」

「……いいからとっととディベートをはじめますよ！　ファーストキスが許されるのは小学生までかどうかでしたよね⁉」

声を張り上げて強引に話を戻す。

悔しさをバネにして、桜井は「ファーストキスの時期なんかで人の価値は決まらない。女性のファーストキスが大切にされるように、男も大切にされるべきだ。むしろ大事に守り抜いた者こそ、恋人を大事にする紳士である」と声高に主張した。

賛同の声こそ上がらなかったが、多くの熱い視線が注がれるのを桜井は感じた。それも当然だ。美人のアイラにはわからないであろう、モテない男たちの魂の叫びだ。

アイラにとってここがアウェーでも、桜井にとっては今やホームと同じだった。見えない連帯感をひしひしと感じる。全員の期待を受けて立つ桜井にもはや敵はいない。

はずだった。

余裕の笑みを崩すことなく、九重崎愛良は答えていわく。

「その昔、中国の偉い人はこう言ったそうよ。『十二を過ぎてもキスさえすませられない男子に生きる価値はない。一度も侵入を許したことのない砦《とりで》は頼もしいが、一度も侵入したことのない兵士は情けないのだから』と」

桜井たちは一様に押し黙る。

男として反論できるはずがなかった。


十二戦一勝十一敗。

入部してから一週間の桜井の戦績である。

たった一度の勝利も橘に対してのものだ。本郷やアイラに対してはまだ一度も勝てていない。

それは橘も同様であり、そのため二人ともアイラから「仮入部員」扱いを受けていた。

負け続けても楽しいなんて、ごく一部の性癖の人に限られる。要は勝てばいいのだが、それが一番難しかった。

本郷は幼少の頃からディベートに近いものである弁論術を学んでいたらしい。本人が言うには「帝王学の一環だ」とのことだった。住む世界が違いすぎて参考にならない。

アイラにいたってはディベートをはじめてまだ半年だというのに、すでに全国的に名が知られているという。

九重崎愛良と本郷桐彦といえば、学生ディベート界ではすでに知らない者のない強豪デイベーターであるらしかった。

どんなテーマでも、どんな反論をしても、決して慌てることなく平然と鋭い口調で返してくる。

一戦一戦が手探りの桜井たちに比べて、すでに百戦錬磨のふたりは、それだけで演説に説得力がある。しょせんは付け焼き刃の自分たちが間違っているのではと不安にさせられてしまう。

経験の差はそう簡単に埋められるものではない。

いつしか桜井の心には、負けても仕方がない、というあきらめの感情が生まれていた。

「なにか……コツとかないんですか」

思わず弱音がこぼれてしまう。

分厚い専門書を読んでいた本郷が視線を上げて桜井を見た。

「それを知るだけでディベートが上達するようなコツと呼ぶべきものは存在しない」

期待していたわけではなかったが、バッサリと返されて内心がっかりしてしまう。

「それに最近では、私より九重崎愛良君の勝率のほうが上回っている。彼女に聞いてみたらどうだ」

「いえ、それはちょっと……」

そんなことをしたらなにを言われるかわかったものではない。「手取り足取り教えてア・ゲ・ル」なんて言いながらすり寄ってきそうだ。

「あら、男の子同士でコソコソ内緒話？」

いつからいたのか、背後からアイラの声がきこえた。

「桜井祐也君にディベートの上達方法を教授していたところだ」

「妬けちゃうわね。アタシじゃなくて本郷部長に聞くなんて。アタシと桜井クンの仲じゃない」

だからですよ、などと言えるはずもなかった。

美人のアイラと一緒に部活をして楽しくないはずがない。

しかし、とにかく手に負えないのだ。なにをしても常に一枚上手を取られてしまう。

「どうせアタシに聞いたら、手取り足取り教えてもらえるなんて期待しているんでしょう？」

まだ一言も発していないのにこの調子だ。

男心を弄《もてあそ》ぶなど、アイラにとっては簡単らしい。

心が折れるのも仕方のないことだと、桜井は自分で自分をなぐさめた。

しかし本郷でも勝てないとなると、もうこの部活内に相手のつとまる猛者《もさ》はいないことになってしまう。

「勝てる可能性があるとしたら勇人《ゆうと》君くらいだろうな」

本郷がつぶやく。

聞いたことのない名前だった。橘を見るが首を振っている。知らないのは同じらしい。

「彼は幽霊部員だからな」

「ディベートは強いんですか」

「ああ、強い」

本郷が短く肯定する。

「だが強いだけではない。彼独自のディベート術は、時として実力以上の力を発揮することも可能だ」

簡潔で余計な言葉を省くことを好む本郷がここまで言うのは珍しいことだった。それだけの実力があるということなのだろう。

「ダメよあんなやつ」

本郷とは反対に、アイラが鼻で笑う。

「勇人なんて根性なしのヘタレバカじゃない」

ピクリ、と桜井は反応してしまう。

今、呼び捨てにした……？

「アタシを倒すためにネチネチと細かいことを考えているようなやつにはなにもできないわよ。桜井クンのほうが百倍もマシだわ」

ボロクソに貶《けな》しているが、罵倒《ばとう》を並べる口調には遠慮がなくて、なんだか気安ささえ感じられた。口元にも、嫌っているにしては薄い笑みを浮かべている。

好きではないが、憎からず思っている。そんな様子だった。

桜井の内心に穏やかでない波がさざめく。

「勇人さんって、どんな人なんですか」

さりげなく聞いたつもりだったが、アイラの目が流し見るように桜井を向いた。

「なあに、気になるの？」

「気になるっていうか、同じ部活なのに、まだ一度も会ったことありませんし……」

「ふうん」

アイラが意味ありげに微笑を浮かべる。

桜井は気が気でない。

アイラは瑞々しい唇をとがらせてクスリと微笑むと、一転してぞんざいな口調で告げた。

「ま、勇人のことなんて気にしなくていいわよ。あんなヘタレとは、桜井クンが思っているような関係じゃないから」

じゃあどんな関係なのか。

聞けばどんな答えが返ってくるかわかったものではない。桜井はぐっとこらえた。

「うふ、残念」

アイラが淫らに微笑む。

「それじゃあ、そろそろ帰らないといけない時間だし、これで解散かしら」

時計を見ると四時をまわったところだった。

ディベート部の活動は五時までとなっている。

夜間活動の申請をすれば九時までできるらしいのだが、ディベーターはディベートの勉強だけをしていればいいわけではないとのアイラの主張により、五時までとなっていた。

「桜井クンたちはどうするの」

「俺は少し残っていきます」

「あら、勉強熱心ね。どうしたの」

どうしたもこうしたもない。

公衆の面前であんなディベートをさせられたら、誰だって危機感を覚えるだろう。このままではいずれ初恋の相手まで暴露させられかねない。

ちょうど図書室にいることだし、少し勉強していくことにした。

とりあえず今日のところは「論語」を読まねばならないだろう。

「橘ちゃんは?」

「わ、私も、これだけ読んでから帰ります……」

手にした本で顔を半分隠しながら答える。

アイラのほうを向いているものの、視線は下を見ていた。

「本郷部長は？」

「私は帰ることにしよう。これから会合があるものでね」

ひとりだけ学生離れした理由で辞退する。

「そうだ、ちょっと聞きたいんだけどいいかしら」

帰り支度をしながらアイラが声をかけてきた。気軽さを装っているが、明らかになにかを企んでいる。

桜井は警戒心を最大にしてうなずいた。

「……ええ、どうぞ」

「この前ディベートをしたんだけど、お金が足りないから消費税を上げるべきだ、と主張したら、日本の法人税は高すぎるって反論されちゃったの。どう返したらいいのかしら？」

桜井は答えなかった。

アイラの性格からして消費税増税なんてまったく興味がないだろう。最高につまらないディベートのはずだ。五分後には忘れていても不思議ではない。

それに桜井なんかに聞くまでもなく、その反論が持っている欠陥くらい当然わかっているはずだ。

いったいなにを企んでいるのか。桜井が黙っていると、アイラの目は橘に向いた。

「橘ちゃんはどう思う？」

「……あの……私は特に思いつきません……」

ひかえめな声で答える。

アイラはゆるく首を振った。

「そっか。残念ね」

なにかを考え込むように目を閉じる。

その様子は本当に残念に思っているように見えた。本気で気がつかなかったのだろうか。

桜井は、自ら地雷原に足を踏み入れるような気持ちで慎重に発言する。

「日本の法人税が高いと反論したところで、政府のお金が足りないという事実は否定できていません。ですので、否定側の反論はテーマに対する反論にはなっていません」

肯定側が「お金が足りないから消費税増税」と言っているのなら、お金が足りないことを否定するか、消費税増税に反対するかのどちらかをしなければならない。法人税が高いことを主張したところでどちらの否定にもつながらないため、的外れなディベートになるだろう。

「なるほどねえ。スゴイじゃない桜井クン。ちゃんと勉強してるのね」

「そりゃあ、まあ」

褒められて嫌な気はしない。

しかし、本当にアイラはこんなこともわからなかったのだろうか。ディベートをはじめて一週間の桜井にだってわかる問題だ。

納得がいかない桜井は、アイラの言葉を思い返しているうちに、ある仮説を思いついた。

それが正しいのならば、アイラの行動にも納得がいく。つまり――

「じゃ、アタシはそろそろ帰るわ。桜井クン、橘ちゃんとふたりきりだからって手を出したりしたらダメだからね」

「ふたりきりもなにも、ここ図書室ですよ」

呆れながら答える。

アイラは返事をしないまま、微笑を残して去っていった。

「では私も失礼する。また明日会おう」

続いて本郷も帰ってしまうと、橘とふたりで残される形になった。

とたんに図書室の静寂が広がる。アイラがいなくなるだけでこうも違うものなのかと驚いたほどだ。

元々無口な橘は、本の後ろに隠れるようにしてイスに座っていた。桜井も適当な話題を思いつかない。アイラの余計な一言のせいで気まずい空気が流れていた。

「……とりあえず、片づけるか」

橘が本の影から目だけをのぞかせて、こくんとうなずいた。

ディベートのテーマは大別すると三つに分けられる。

政策系《ポリシー》、事実系《ファクト》、お遊び系《ファニー》だ。

ディベートの性質上、政策系が全体の半分以上を占める。

事実系はディベートとしては高度な部類に入るので、桜井たちはまだやらないことになっていた。

代表的な例は「地球温暖化の原因は二酸化炭素の増加である」などだ。

内容そのものも難しい上に、これをディベートの形にするには肯定側、否定側双方に相応の技術が求められる。

なお、お遊び系はアイラの大好物であるために部活内ではよく行われていた。

テーマとしては、さきほどの「ファーストキスが許されるのは小学生までである」などだ。

これがとにかく勉強のしようがない。テーマの数はそれこそ無数にあり、相手の主張も予想しづらいため、純粋にディベートの技術が試される。楽しそうに見えて実はけっこうたちの悪いテーマだった。

その点、政策系は時事問題の大まかな問題点や解決策を知っているだけでもディベートの方向性が見えるため、だいぶ楽になる。

論語の字の多さに挫折した桜井は、素直に時事問題系の問題集をもって席に戻ってきた。

正面の席には橘が座っている。黙々と本を読んでいた。

橘は口べただが、それ以上に性格が大人しい。自分の意見を主張することがほとんどない。

ディベート部の活動と称して色々なところに乗り込んだが、橘はどこにでもついて行った。

気後れする様子を見せることはあっても、不満を口にしたことはない。

あまりディベート向きの性格とはいえなかった。

「橘さんは、どうしてディベート部に入ろうって思ったんだ？」

本の影から驚いたような目が桜井を見る。やがて小さくつぶやいた。

「もっと、明るくなりたいと思いまして……」

丁寧な言葉が返ってくる。

確かにオープン・ディベートに付き合わされていれば、人前で話すのも慣れるだろう。

「だけど、それだったら演劇部とかでもよかったんじゃないか。なんでディベート部なんかに」

橘は黙ったまま答えなかった。

深い考えもなくたずねてしまったが、他人のプライベートな部分にまで無遠慮に聞いていいものではない。いまさらながらに桜井は後悔した。

「変なこと聞いて悪かった。忘れてくれ」

どうにも考えなしに言葉が出てしまう。

いい加減なんとかしないとなと考えていると、正面の橘が、か細い言葉をつぶやいた。

「…………ったんだと、思います……」

下を向いていた橘の顔が前を見た。赤くなった顔を本の陰に隠しながらも、必死に言葉を伝えようと繰り返す。

「好きに、なったんだと思います」

その目は、しっかりと桜井を見ていた。

この一週間で何度もディベートをする姿を見てきたが、今以上に真剣な表情は見たことがない。

桜井は返事もできずに、乾いた喉で空気だけを飲み込んだ。

「はじめは、もしかしたら、くらいでした。でも顔を見るたびに、部活で一緒の時間を過ごすごとに、自分の気持ちが抑えられないほどに膨らんでいくのがわかりました……」

普段の橘からは考えられないほどの、はっきりとした声だった。

抑えられない、といった言葉通りに、小さな唇から次々に言葉がこぼれていく。

「こんなこと、いけないってわかっているんです。同じ部活内で、それに私は……。でも、これ以上ガマンできない。どんなに変でも、どんなに認められないことであっても、自分のこの気持ちだけは真実。絶対なんです」

真摯《しんし》な思いが桜井の胸を打つ。

言葉のひとつひとつに熱がこもっている。橘の言葉に嘘偽りがないことを、感情で理解した。

「この気持ちを伝えたい。そう思うことを止められないんです」

それはディベートを続けてきたから、だろうか。

自分の考えを言葉で伝えることに慣れてしまったから、伝える喜びを知ってしまったから、自分のキモチを伝えたいと思うようになったのだろうか。

橘は、自分が思っているよりもずっと、積極的になっていたのだろうか。

同時に、今まで見えていなかった橘の魅力に気がついた。

アイラの輝きに隠れてかすんでいたが、よく見れば橘も十分にかわいいといえる顔立ちをしていた。

アイラのように目を見張るほどの美人ではないし、かわいいという評価も、悪く言えば中学生のように幼いと言える。

その橘が勇気を奮い起こす姿に、桜井は心から見とれていた。

耳まで赤くして一生懸命に言葉をつむぐ姿から目を離せなくなる。

「橘……」

どさくさに紛れて呼び捨てにしてみる。

「本気、なのか……?」

たずねる桜井の声も震えてしまう。

感情が伝染したのか、橘は恥じらうようにうつむきながら、こくんと首を動かした。

「冗談とかじゃ、ないんだよな……?」

橘がそんなことを言うはずがないとわかっていても、聞かずにはいられなかった。

赤い顔で無言のままもう一度うなずく。

「好きなんです……」

声がこぼれた。

「好きなんです。こんなこと迷惑なだけってわかっています。それでも、好きなんです。

どうしようもなく好きなんです……！」

思いの大きさを伝えるように、何度も繰り返した。

感情は伝染する。

桜井も熱に浮かされるようにして立ち上がった。

「橘……、実は俺も——」

「アイラ様のことが大好きなんです……っ‼」

「橘のことがす…………え？」

呆然とする桜井の様子には気がつかないまま、橘が思いの丈を吐き出す。

「まだ入学したばかりの頃、道に迷ってしまいました。周りは知らない人ばかりで私は話しかけられないし、心細くて泣きそうでした。そのとき、アイラ様が二階の窓から飛び降りてきてくれたんです」

あの人は本当にとび職みたいな人だなと茫然自失の意識の中で思った。

「私の前にやってきて、泣きそうだった私に手を差し伸べてくれました。泣いていた私を助けるためだけに飛び降りてまで駆けつけてくれたんです」

泣きそうだったはずなのに、アイラがやってきたときにはすでに泣いていることになっているあたり、だいぶ思い出の美化が進んでいるようだった。

それに、あのアイラが他人のためだけに行動するところなんて、まるで想像できない。

単に通り道だった可能性のほうが高いだろう。

「金色の髪が背中に広がっていて、すごくキレイでした。そのときに思ったんです。この人が私の天使様だって」

うっとりと語る橘。

「優雅なのに凛として、キレイなのにカッコよくて、なにをしても疑うことなく行動力にあふれていて、全部私にはないものなんです。だから、私もアイラ様のようになりたいんです」

それは勘弁してくれ、と桜井は常識的に思った。

憧れるのはかまわないが、アイラになりたいなどと思うのはやめてほしい。ひとりでも手に負えないのだ。ふたりもいたら身がもたない。

「どうしてそれを俺に……？」

「わかりません……。でも、誰かに聞いてほしかったんだと思います。ずっと胸に秘めたままでは苦しいですから……」

「……先輩に直接言ったらどうだ？」

「そそそそんなこと、恐れ多くてできるわけがありません……っ！」

真っ赤な顔で慌てふためく。

「……桜井君に聞いてもらえただけで、もう十分です……」

再び本の後ろに顔を隠してしまった。

色々と歪んではいるが、橘も非日常に憧れたのだろう。

だからこうしてディベート部にいる。形は違えど、桜井と同じだった。

「あの、桜井君はいつもアイラ様と仲がいいですよね」

「仲がいいっていうか……」

一方的にからかわれているだけだ。どちらかといえば困惑している。

「いつも、いいなあって思っていたんです。どうして桜井君ばっかりなんだろうって。私も仲良くなれたらいいのですけれど」

「できることなら替わってくれ」

「桜井君もアイラ様のことが好きなんですよね？」

「それはない」

きっぱりと否定した。

美人だし、頭も良いし、憧れるのはわかる。だけど好きかと聞かれたら、それは絶対にない。

あれだけの運動神経を持ちながら、どこの運動部からも勧誘されていないという事実だけでも、いかに迷惑がられているかがわかるだろう。

「違うのですか？　いつも楽しそうにディベートをしていらっしゃるので、てっきりライバルなのかと……」

「……少なくとも、ライバルってのだけはないな」

「それでは、どうしてディベート部に入っていらっしゃるのですか？」

「そりゃ、なんでかって聞かれたら……まあ、楽しいからなんだろうけど」

難題を前にしたときの知的高揚感。意識が連続して止まらなくなる陶酔感。ディベートが終わった後の疲れ切った感覚も悪くない。肉体的ではなく、精神的な疲労は心地良いものだと知ったのも、ディベート部に入ったおかげだ。

どれも普通の日常からは得られないものばかり。足りなかった「なにか」かもしれないものだ。

だからディベート部にいる。それは間違いないだろう。

だけど、その答えは間違っていないだけで、正しくもなかった。

いつかのアイラのように迷いなく出た答えではなく、自分の行動に理屈を付けただけの、考えて出した答えだ。

それでもなぜディベート部に居続けるかといえば、やはり楽しいから、あるいは楽しくなりたいからなのだろう。

理由なんてそれだけだし、それで十分すぎるほどに十分だ。

他に理由なんてない。

少なくとも桜井はそう信じている。

その後もしばらく読書を続けていたら、気がつくと外は暗くなっていた。図書室内の生徒もだいぶ減っている。

なんだかんだで追い出されなかったのは、ディベート部は正式に認可されている部活だからだ。

話を聞きつけた増岡もやってきたが、すでにディベートは終わっている。勉強しているだけだと言い張れば、鬼のように顔を歪めはしたものの、それ以上の追求もできずに退散していった。

多くの生徒からも生温かい目で見守られている。

しかし当然、快《こころよ》く思わない生徒だっていた。

静かに本を読んでいたとしても、ディベート部だというだけで嫌われるものだ。

「お前ら、ディベート部の一年だな」

突然かけられた低い声に、橘が肩を震わせた。

すかさず桜井が立ち上がる。男と橘のあいだに割り込んだ。

桜井も小柄なほうではないが、相手のほうが頭ひとつは上背があった。切れ長の瞳が目つき悪く桜井をにらんでいる。たぶん整った顔立ちなのだろうが、着崩した制服と金色に染めた髪のせいで、たちの悪いチンピラにしか見えなかった。

ネクタイの色からして、三年生のようだった。

「なんの用ですか先輩」

喧嘩腰にならないよう気をつけながら言葉をかける。

「そう警戒するな。様子を見に来ただけだ。期待の新人とやらのな」

口元を歪ませる。もしかしたら笑っているのかもしれない。ぞんざいな口調ではあるがケンカを売りに来たようには見えなかった。しかもわざわざ一年である自分たちを見に来たという。桜井の中にある考えが浮かんだ。

「もしかして、勇人さんですか？」

アイラに唯一勝てる可能性を持つという幻の幽霊部員。

「アイラに聞いたのか。知っているのなら話は早い」

当たり前のように名前を呼び捨てにする。

たったそれだけのことなのに、桜井の中で小さな火がついた。かすかな灯であったそれは、あっというまに燃え広がって心の中を焼き尽くす。

感情のままに言葉を吐き出した。

「勇人さん、勝負をしませんか？」

「桜井君⁉」

橘が驚いたように声を上げる。

しかし桜井に考え直すつもりはなかった。心の中は、負けたくない、という対抗心で満たされていた。

勇人が面白そうな目で桜井を観察する。

「勝負といっても、なにをする気だ」

「ディベート部なんですから、当然ディベートです」

アイラにさえ勝てるのだかなんだか知らないが、桜井だってこの一週間ディベート漬けといってもいい生活を送ってきた。ろくに練習もしない幽霊部員なんかに負けるつもりはなかった。

勇人の口元が歪む。今度はハッキリ笑っているとわかった。

「いいだろう。ちょうどお前らの実力が見たかったところだ――と言いたいところだが」

浮かべた笑みを引っ込める。

「今日はそのために来たのではない。お前らに頼みがある」

「どんなことですか」

警戒しながらたずねる。

「簡単だ。アイラを倒してほしい。それだけだ」

桜井はすぐには答えられなかった。

「それは、どういう意味ですか」

「そのままの意味だ。俺たちはディベート部なんだろう。アイラをディベートで負かしてほしい。それだけだ」

内容はわかる。しかし、そんな頼みをする理由がまったくわからなかった。名前を呼び合う仲にしては、まるでお互いを嫌いあっているように見える。

「あの、勇人さんって、アイラ先輩とどういう関係なんですか？」

「なんだ、聞いてなかったのか？　アイラは俺の妹だ」

「……え？」

マヌケな声で聞き返してしまう。

「三年の九重崎勇人だ。知ってたんじゃなかっ――」

「お、おおお、お兄様だったのですかっ⁉」

橘が叫び声と共に立ち上がる。

「そうとは知らずにとんだご無礼を……っ！」

腰を九十度折り曲げる最敬礼の姿勢で頭を下げた。

「お、おお。気にするな。……いきなりテンション上がったな」

勇人が若干気味悪そうに橘を見つめる。さすがに少し引いていた。

桜井も、橘ほどではないにせよ驚いていた。

しかし興奮するようなわけでもなく、どちらかというと安堵している。

勇人がアイラの兄と知り、ほっとしている自分がいた。

理由はわからない。アイラの兄と知って、対抗心がいくらか和《やわ》らいでいるのが自分でも感じられる。

ディベートをしなくてよかったと心のすみで思ったのは事実だった。

アイラ先輩の兄じゃ負けていただろう。

そんなあきらめの感情が心の中で存在を大きくしていく。

それは昨日今日で形成されるものではなかった。負け続けた記憶の積み重ねによるトラウマだった。

実際、アイラはディベートに関しては化け物といってもいい強さだ。

いい加減で遊び半分に見えても、こちらの主張はことごとく論破し、逆にアイラの主張は巧みに反論をすり抜ける。

まるで勝てる気がしないのだった。

「どうしてお兄様が、アイラ様を倒してほしいと頼むのでしょうか?」

「アイラは昔から優秀でな。失敗することはたまにあっても、挫折することは一度もなかった。そのせいか、人生に飽いているようなところがある」

それはそうかもしれないと桜井は思った。

人前でディベートをしたり、わざと目立つような行動を取ったり、心当たりが多すぎる。

「お兄様でも勝てないのですか？　お聞きした話では、この部活内でアイラ様に勝つ可能性が一番高いのはお兄様とのことでしたが」

「もちろん、ディベートをすれば俺が勝つだろう。兄である俺が妹に負けるはずがないからな」

根拠もなく断言する。

「しかし俺が勝ったところで、アイラが悔しがることはあっても驚きはしないだろう。それでは意味がない。アイラの予想を超えているからこそ意味がある」

「アイラ様の予想を超えている……？」

「そうだ。この世界はお前の思い通りにはならない、知らないことなど腐るほどある、どこまでも広い世界なんだとアイラに突きつけることができる。人生に飽きるなど、たかだか十数年生きただけの分際で生意気なんだと教えてやれるだろう」

言っている内容はムチャクチャだが、まぎれもなく妹のための行動だった。

とてもあのアイラの兄とは思えない。

実は血がつながっていないのでは、とさえ思えた。

「それに、アイラのキレイな顔が驚愕に歪むところを想像するだけでゾクゾクするだろう……‼」

「…………………。やっぱり兄妹ですね」

ふたりして同じこと言っているし。

「そもそもアイラは俺のことをバカにしていやがる。ろくに授業には出ないくせに成績は常に上位だ。内心では俺のことを見下しているに違いない」

「そうなんですか？」

いまさらアイラを擁護するわけではないが、桜井には今ひとつ想像できなかった。

内心で見下すくらいなら、本人の目の前で指を差して大笑いするほうが似合っている。

「それにアイラのせいで俺の威厳まで落ちている。このあいだなんか、頭だけじゃなく顔も妹に似てよかったねなんて言われたんだ！」

「完全に逆恨みじゃないですか」

「なんか言ったか？」

「……いえ、別に大したことは」

目を逸らして言葉を濁す。

「とにかく、アイラをディベートで完膚《かんぷ》無きまでに叩きのめしてほしい。お前たちふたりでな」

思いっきりくだらない兄妹ケンカに巻き込まれているだけの気がして、桜井はまるで乗り気になれなかった。

「わ、私もですか？」

橘も戸惑っている。

「当然だ。まだディベートをはじめたばかりでアイラの足元にも及ばないお前たちだからこそ、アイラの顔を歪ませられる」

「でも、そんなこと――」

「もちろん今のままでは普通に練習しても無理だろう。そのために俺が秘策をくれてやる」

勇人独自のディベート術。

時として実力以上の力を発揮させるとまで言われた方法だが、その実力は未知数だ。本郷も「それを知るだけで上達するようなコツはない」と言っていた。

「ディベートでアイラ様を倒せといわれましても……」

橘は消極的だ。

桜井も似たような気持ちだった。

ディベートで勝てと言われて、はいわかりました、と勝てるのなら苦労はしない。

「今すぐとは言わん。だが早くなければ意味がない。あまり時間をかけると、上達したわね、で終わってしまうからな。一週間後に返事を聞きにくる。そのときまでに覚悟を決めておけ」

「覚悟」の言葉と共に、強い視線で桜井と橘を見た。

勇人の視線を正面から受けて、桜井はとっさに目を逸らしてしまった。

アイラに勝てと言われても、まるでイメージがわかない。

負けるだろう。どうせまた。

あきらめと後ろめたさが、覚悟という言葉を前にして目を逸らさせてしまった。

橘は最初から下を向いている。

勇人がゆっくりと息を吐いた。

「その様子では期待するだけ無駄なようだがな」

吐き捨てるようにつぶやく。

顔を上げると、勇人はすでに背を向けて去っていくところだった。

席を立ってから図書室を出るまで、ただの一度も足を止めることはなく、振り返ることもない。

迷いのない足取りは、桜井たちに対してまったく興味を失った足取りだった。

次の日は朝から雲がかかっていて、どんよりとした曇り空だった。

天気のせいだけではないが、桜井は浮かない足取りで教室へと向かった。色々な感情が頭の中で渦巻いていて、気持ちを整理できていなかった。

アイラにディベートで勝つ。

どんな奇跡が起これば、それが可能となるのか、まるで想像できない。やはり不可能に思われた。

教室に入ると、郡山がやけにさわやかな笑顔を浮かべて待っていた。

部活に入ってからというもの、毎日朝練があるとかでいつも先に登校している。しかし、いまだかつてここまでさわやかな笑みで出迎えてきた朝はなかった。

「やあおはよう桜井君！」

あいさつする声も妙にハイテンションだ。桜井は不審な目をアホな友人に向けた。

「今日は一段と気持ち悪いな」

「お前は本当にはっきりと言うな！」

声を上げてから、郡山が慌てて口をつぐむ。

「おっと、つい声を荒らげちまった。今日は桜井の記念すべき日だから、快く迎え入れてやろうと思ったのによ」

「なんだよ、俺の記念すべき日って」

桜井には心当たりがない。

実は自分の誕生日だったなんて古典的展開を想像してみるが、桜井の誕生日は八月だ。

郡山は声をひそめ、意味ありげな笑みと共に告げた。

「お前キスもまだなんだってな――」

「な――っ！」

郡山のえりをひねり上げて黙らせる。

「変なこと言ってんじゃねえ‼　誰がそんな話を広めてんだ⁉　なんで知ってやがる！」

「なんでもなにも、学校中の噂だぜ」

桜井は周囲に目を向ける。クラスメイトの何人かが慌てて視線をそらした。そらしながらも、チラチラと桜井たちの様子をうかがっている。明らかに桜井を意識していた。

いや待て違う。そうじゃない。いきなり郡山をひねり上げたものだから、みんな驚いて見ていただけだ。なんかひそひそ話しているのも、きっと全然関係ない話題だ。そうだ。そうに決まっている。そうでなかったら、もう死ぬしかない。

「……学校中の噂って、マジなのか……？」

手を離しながら、声をひそめてたずねる。

「桜井は実感ないのかもしれないけど、ディベート部の九重崎愛良っていったら、学校一の有名人だぜ。ちょっとした行動もすぐ噂になるんだよ。今日はどこの窓を飛び降りたとかな」

それはわからないでもない。あんなのが学校中を歩き回っていて、噂にならないほうがおかしいだろう。

「もちろん今日はどこでディベートしているとか、どんな内容だったのかも全部な」

聞き捨てならない単語が聞こえて、桜井は緊張しながらたずねた。

「…………今、全部って言ったか……？」

「先輩が自分で『図書室なう』とかつぶやいてるからな」

「ほんとにもうあの人は！　どおりでギャラリーが集まるの早いと思ったんだ！」

「そういうわけでかなり信憑《しんぴょう》性の高い噂として広まってるぜ。『一度も侵入を許したことのない砦は頼もしいが、一度も侵入したことのない兵士は情けない』だろ？」

決めた。今週中に死のう。

「へい桜井、どうした。顔が真っ青だぞ」

「……お前の空っぽの脳みそじゃ今の俺の気持ちがわかんねえんだろうな、このゆとりめ！」

郡山を罵ってから、入ってきたばかりの教室に背を向ける。

「帰る。あとのことは頼んだ」

家に帰ってふて寝しよう。それ以外にするべきことを思いつけない。

さすがに郡山も引き止めようとはしなかったが、かわりに別のことを言った。

「帰るのはいいけどよ、その前にもうひとつ確認したいことがあるんだがいいか？」

「ダメだ」

「断るの早っ！　内容を聞いてからでもいいじゃねえかよ」

これ以上追い打ちを食らったら立ち直れる自信がない。さっさと教室を出る桜井の背中に、郡山の声が響いた。

「九重崎先輩が海外に転校するってのは本当か？」

「…………は？」

唐突な郡山の言葉に、桜井は思い切り振り返ってしまった。

「今、なんて言った？」

転校？　しかも海外に？

「あくまでも噂だから、間違っている場合もあるんだよ。だから確認しようと思ったんだが……その様子じゃ知らなかったみたいだな」

「あ、ああ。聞いたことはない、けど」

だからって、いきなり、そんな。

「確かに昔、海外で暮らしてたこともあるって聞いたけど……」

こんないきなり転校するなんてあるのだろうか。しかもまだ新学期がはじまったばかりの中途半端な時期に。

「そもそも、その噂はどこから出たんだ。転校するってなんでわかるんだよ」

「昨日職員室で、先生と九重崎先輩が話しているのを聞いたやつがいるんだけど、そのときに、外国に行くって言ってたのが聞こえたらしい」

そういえば昨日は、用があるから早めに帰ると言っていた。

ただの偶然だと片づけるには、あまりにも一致しすぎている。胸のざわめきを抑えられなかった。

「知らなかったらそれでいい。あくまで噂だからよ。あんまり気にしすぎるな」

「あ、ああ」

郡山の気遣いにかろうじて生返事をする。心の大半は真っ白に塗り潰されていた。

先輩が海外に転校する……？

その可能性を考えるだけで気が動転してしまい、早退してふて寝しようと思っていたことすら忘れてしまった。

結局、ディベート部の練習にも参加してしまった。

しかしどうにも力が入らない。やる気なく曇り空を眺めていたら、アイラが少し驚いた顔で窓の外を見つめた。

「あれっ、いつのまにかずいぶん暗いわね。もうそんな時間なの？」

そう言われれば、確かに真っ暗といってもいい陰り具合になっていた。

時計を見るが、まだ六時を少し回ったところだった。

アイラがいそいそと帰り支度をはじめる。

「じゃあ今日はこれで解散ね」

なにか用事でもあるのだろうか、ずいぶんと急いでいる。

外に出ると、辺りはだいぶ暗くなっていた。

校門を出ると同時に、黒塗りの車が音もなく滑り込んでくる。

異様に長い胴体の中間で、扉が自動で開く。本郷家の登下校専用リムジンだ。

いつも待たされたことはなく、先に待っていたこともない。本郷がやってくると同時に目の前に停車する。常にどこかで待っているのだろうか。

「では諸君、また明日会おう」

堅苦しい挨拶を残して黒塗りの車が発車する。

その後は近くのバス停まで三人で歩いた。

「それではこれで失礼いたします」

橘が馬鹿丁寧な挨拶を残してバスへと乗り込んだ。これでもいつもよりあっさりしているほうだ。気まずそうな空気をまとったままバスが発車していく。たぶん、昨日の勇人とのやり取りをまだ引きずっているのだろう。

気まずいのは桜井も同じだった。それに加えて郡山から聞いた話もある。

アイラとふたりきりになるのがなんとなく後ろめたかった。

桜井は自転車通学のため、このまま道をまっすぐ行くことになる。駅まで歩くアイラとは逆の道だ。

「じゃあ、俺もこれで」

そっけなく挨拶を済ませると、逃げるようにペダルを踏む足に力を込める。

が、その瞬間に後ろから腕をつかまれた。

「桜井クンったら、そんなに急いでどこ行くの？」

いつも通りのただの気まぐれ、にしては、アイラの表情には真剣味があった。

逃げようとしたのを見抜かれてもいまさら驚きはしないが、胸中の複雑な感情までも見透かされた気がして、思わず足を止めてしまう。

そのすきにアイラが自転車の荷台に腰掛け、横向きに座った。

「ほら、早く出発」

「……いいですけど、先輩の家は方向が逆ですよね」

「となりの駅まででいいわよ」

桜井の家は駅からも離れているためだいぶ遠回りになるのだが、アイラはニコニコと「まさか断るはずがないわよね」という顔をしている。もう何度も見慣れた表情だ。桜井はさっさとあきらめてペダルをこぎはじめた。

当然のように腕が腰に回され、アイラの肩が桜井の背中に寄りかかる。

あまりにも無防備な仕草に、心臓が止まるかと思うほど高鳴った。努めて意識しないようにと、ペダルをこぐ足にいつも以上の力をこめる。

雲に覆われた薄暗い道を、ふたり乗りの自転車が進んだ。

「桜井クンっていつも自転車よね。バスは使わないの？」

「車は……少し、苦手なので」

医者から自転車通学の許可が下りているとはいえ、怪我のことを心配するのなら、自転車よりもバスに乗るべきなのだろう。

わかってはいても、どうしてもそういう気分にはなれなかった。

「ふうん。そうなんだ」

桜井をからかうこともないまま、アイラは後ろの荷台に座っている。わざわざ遠回りになると知っていながら、なぜ桜井の自転車に乗っているのだろうか。

「先輩は急いでたんじゃないんですか？」

「あら、どうしてそう思うの？」

「いえ、なんか急いで帰るように見えたので」

「そうだったかしら。まあ、いつも通りよ」

いつものきまぐれと考えれば答えは簡単だった。

しかしそう考えるには、アイラの態度は落ち着きすぎている。

勇人とのことや転校の噂などで、なんだか気疲れしているのは確かだ。ディベート中もずっとぼんやりしていた。疲れ切った桜井にとっては、今ぐらいのなんでもない会話が気楽で心地いい。

すべてわかっていて、それでこうして後ろにいるのだろうか。

「あの、先輩……」

「え？　なあに？」

桜井を心配して、などと考えるような人でないことは十分にわかっているはずだった。なのに心のどこかでは、もしかしたら、なんて淡い期待を抱いてしまっている。

「……いえ、なんでもないです」

うっかりそのままたずねてしまいそうになり、桜井は口を閉ざした。

アイラはなにも言わなかった。いつもなら、思わせぶりな態度をとると必ずからかってくるのに。

頭の中がもやもやする。からかわれているのならばあきらめもついた。だけどこうして静かにされてしまうと、まるで本当にアイラの優しさにふれている気になってしまう。

そんなはずはない。そういい聞かせても、感情をうまく整理できない。混乱は増すばかりで、桜井にはペダルをこぎ続けるしかできなかった。

そのせいで曲がるべき道を通り過ぎてしまった。あわててブレーキをかける。

「どうしたの。駅まではまっすぐじゃなかったっけ」

アイラの言うとおり、このまま進めば三十分ほどで駅に着く。

「駅に行くんでしたら、こっちのほうが近いので」

歩道で器用に自転車を回転させると、細い路地に入り込んだ。

街の再開発に遅れたため、薄汚れたビルや住宅が立ち並ぶさびれた区画だった。民家と民家のあいだにある庭みたいな道を抜けると、ぽっかりと開いた空間に出る。

高速道路をくぐるようにして、歩行者専用のトンネルが作られていた。

奥まった場所にあるためと、生い茂った草木のせいで人が通れるようには見えないが、今でもちゃんと使用されているれっきとした国道だ。ここを通れば駅まで五分の近道になる。

「へ、へえ。よくこんな場所を知ってたわね」

アイラがわずかにかすれた声を出す。

「俺は昔からこの辺まで遊びに来てましたので」

歩行者専用の狭い道のため、自転車を下りなければならないのが不便といえば不便だが、短縮される時間を考えればたいした問題でもない。

自転車を押しながら、草木をかき分けて先へと進む。

現れたトンネルを前にして、アイラが「うっ」とうめいた。

すでに夜といってもいい程に薄暗く、周囲の草木が作る影のせいでさらに薄気味悪い雰囲気を作り出していた。

トンネル内に明かりはなく、闇一色に染まっている。手を伸ばせば触れられそうなほどに濃い闇だ。わずか十数メートルほどの距離のはずが、遥か遠大な道に思える。

どこからか水が漏れているのか、ぽたりぽたりと、小さな水音だけが不規則に反響していた。

いつ来ても雰囲気のある場所だが、今日は一段と凄みを増していた。通り慣れている桜井でさえわずかに息を呑む。

とはいえ、どうせ剛胆なアイラは気にしていないのだろう。

むしろここで怯《ひる》んでいたらまたバカにされてしまう。桜井は胸を張ってトンネル内へと足を進めた。

「ちょ、ちょっと待って——！」

アイラの手が桜井をつかんで引き止める。

「ここを……通るの……？」

「そうですよ。ここを抜ければ駅はもう目の前です」

アイラは完全に立ち止まっていた。

豊かな金髪が暗闇の中で色をなくしている。生気を失ってくすんだようにも見えた。トンネルの先を見つめる瞳が、かすかにゆれている。

「……先輩、もしかして……？」

「い、行くわよ！　行けばいいんでしょ！」

ほとんどやけになったようにして叫び、桜井の手をつかんで進みはじめた。なにかに追われるように早歩きになっていく。ほとんど走っているに近い。かたくなに前だけを見ようとする姿は、まるでなにかから逃げようとしているかのようだった。

いつものアイラからは考えられないうろたえぶりだ。

これは、やはり……。

心の中に抑えきれない好奇心がわきあがってくる。

桜井は、ふと思いついた話をしてみた。

「先輩、ここがなんでこんなに人通りが少ないか知ってますか？」

「さ、さあ？　目立たない場所にあるからでしょ」

「それはそうです。でも、目立たないのには理由があるんですよ。近所の人たちが、ここを隠したがっているからです」

「そ、そうなの。近所の人も大変なのね」

「俺がまだ生まれてない頃らしいんですけど、ここで殺人事件があったからだそうなんです」

「へ、へーそうなんだー」

声に感情がこもっていない。完全に棒読みだった。

「襲われたのは若いカップルで、それはもう無残な殺され方だったそうです。全身をバラバラにされ、両目も抉《えぐ》られていたとか。犯人はすぐに捕まりましたが、護送中に突っ込んできたトラックにひかれて即死。そのときの死に方が、まるでカップルの末路をたどるかのように、全身をバラバラにされていたそうです」

「あ……う……」

「それからというもの、ここでは出るそうなんですよ」

「で、でる……？」

「バラバラにされたカップルが、自分の身体の一部を探して、今もトンネルの中をさまよっているんです」

「……………」

もはや返事もない。桜井をつかんで歩く速度が速くなった。

「もしかしたら、今もいるのかもしれませんね。暗いトンネルの中で、滴る雨水に打たれて冷えきった身体のまま、通りがかる人に聞いているのかもしれません――」

桜井はトンネルの冷気にあてられて冷え切った手をそっと持ち上げ、アイラの首に触れた。

「――そのキレイな髪、あたしのじゃないんですか」

「きゃあああああっ‼」

悲鳴がトンネル内に反響する。

アイラが桜井の腕にしがみつき、目を強く閉じて、震える身体を押しつけていた。

「……先輩？」

「……………はっ」

我に返ったアイラが目を見開く。

落ち着き払って桜井の腕を離すと、ばさりと長い髪を振り払った。

「ま、まあ、遊ぶのはこここれくらいにしましましょうか」

「メチャクチャ声震えてますよ」

アイラがぐっと言葉に詰まるが、すぐに何事もなかったかのように話しはじめる。

「さあ早く行きましょ。いいかげん帰らないといけないし」

「俺は別に遅くても構いませんが」

「桜井クンはよくても、アタシは急いでるの。こう見えても忙しいんだから」

取り澄ましているが、もはやバレバレだった。

これを利用しない手はない。日頃の恨みを晴らすチャンスだ。

「あ、そういえば俺、学校に忘れ物してたのを思い出しました。ちょっと取りに戻ってもいいですか」

「よ、夜の学校に戻る⁉」

アイラが半狂乱の声を上げる。桜井はしれっと告げた。

「机の中に保健体育の教科書を入れっぱなしだったので」

「読んだことないくせに……っ！」

ツッコミさえいつものキレを失って普通になっていた。

それから思い出したように表情を取り繕《つくろ》い、誘うように流し目を送ってきた。

「ここ、こんなにか弱い女の子をひとりで帰らせるわけ？」

いつもなら鋭いはずの返しも、涙目で言われては効果は半減だった。

「この道をまっすぐ行けば五分ほどで駅に出ます。道に迷いようがないので大丈夫ですよ。それじゃ」

背を向けて引き返す。

その腕をがっしりとつかまれた。

振り返ると、アイラが潤んだ瞳で睨みつけてきた。

「どうしたんですか先輩？」

「——……ッ！」

返事はなく、声にならない声で訴えてくる。震えた口がかすかに開き、吐息のような声をもらした。

「…………のよ」

「え？　なんですか？」

キッと睨みつけてくる。

感情をあらわにした表情に、いつもの迫力はなかった。

瞳を吊り上げながらも、目元を震わせている。

唇をぐっと引き結び、さっきよりもう少しだけ大きな声を絞り出した。

「だ、だから……こ、こっ…………………………………こわい、のよ……」

涙を浮かべながらつぶやくアイラがあまりにも可愛くて、桜井はつい言ってしまった。

「よく聞こえなかったのでもう一回言ってください」

「——桜井クンのバカッ‼」

アイラが真っ赤な顔で声を震わせる。

「さっさと行ってくれないとここで桜井クンのこと痴漢だーって叫ぶわよ⁉　状況証拠は

完全にクロなんだからね!?」

恥も外聞もなく泣き叫ぶ。

これ以上からかうと明日が怖かったので、さすがにちゃんと歩きはじめることにした。

ふたり分の足音と、自転車を押す音が響く。

先へ進むほどに闇の色は濃くなっていった。

腕をつかむ力がさらに強くなる。いつもは寸止めだった胸が強く押しつけられて、桜井は全身が強張るのを感じた。

考えてみれば、こうして密着するのは実は初めてだ。とたんに頭の中が真っ白になった。

片腕をアイラにつかまれ、片手で自転車を押しながら、ギクシャクと足を動かす。

アイラがさらに強く腕を抱き寄せた。

「ちょ、ちょっと、イジワルしないでもっと速く歩いてよっ」

「……これ以上速くは無理ですよ」

むしろ平常心を保っていられるだけ奇跡というべきだろう。

なにか反論してくるかと思ったが、アイラは黙ったままだった。

となりを見てみると、目を強く閉じて前を見ないようにしている。高い背を丸めて前屈みに歩いていた。本当に怖いらしい。

「なんか意外ですね。先輩が暗いところ苦手なんて」

窓からも平然と飛び降りるような心臓の持ち主なのに。

アイラが桜井に向かって口をとがらせる。

「アタシだって女の子だもの。暗いところは怖いに決まってるじゃない」

その理屈は正しいような、なんか間違ってるような。

しかし、トンネルに入る前は桜井だって息を呑んだのだ。暗いところが怖いのは男だって変わらない。

今にして思えば、部活を早い時間に切り上げていたのも、暗くなる前に帰りたかったからなのだろう。

一緒に帰ろうと言ったのだって、七時近くになった夜道をひとりで帰るのが怖かったからだ。自分の心を見透かされたなんて、もしかしたら自分をなぐさめてくれているのかもなんて、妄想もいいところだった。

「あっ、出口だ！」

アイラがうれしそうに叫び、道の先にうっすらと差し込む明かりに向けて駆け出した。

桜井も自転車を押しながら追いかける。生い茂る草木に囲まれた道を抜けると、駅はもう目の前だった。

「まったく、桜井クンのおかげでひどい目にあったわ」

「先輩が素直に言わないからですよ」

「とっくに気づいていたくせに」

もっと怒られるのかもと思っていたのだが、アイラの表情は思ったよりも晴れやかだった。腕を伸ばして気持ちよさそうに背筋を伸ばす。その仕草はむしろ楽しそうだ。

「怖かったけど、でも楽しかったかな。アタシを暗がりに連れ込んで怖がらせて好き放題にもてあそぼうなんて考えた人、桜井クンが初めてだもの」

「その言い方だとなんか犯罪者みたいじゃないですか」

「あら、盗人なのは本当でしょう」

「……別に、なにも盗んでいませんよ」

「そんなことないわよ。アタシはしっかりと奪われちゃったもの。なにをか、わかるでしよ?」

「いえ……」

かろうじて答えを返す。

アイラの顔をまともに見られなくなり、逃げるように下を向いた。

ふふ、とかすかな笑みが聞こえる。

「桜井クンって、頼りになるときもあると思ったら、可愛いところもあったりして、なんか一緒にいたくなっちゃうのよねえ。こんなこと初めてよ。なんかズルイわ」

改札の前で立ち止まり、桜井を振り返る。大人びた表情を前にして、桜井はドキリとするのを止められなかった。

「アタシ、キミのこと本当にスキになりそうかも」

からかうでもない、かすかな笑みと真剣な口調。夜の光に照らされた顔は誰よりもキレイで、息をするのさえ忘れそうになった。

ズルイのは先輩のほうだ、と心の中で三回唱えてから口を開く。

「……またそんなことを言ってからかうつもりなんでしょう」

大人びた表情がたちまちのうちに崩れ、ニヤリとした笑みに変わる。

「あら残念。赤くなった桜井クンの顔が見たかったのにな」

「そうそう何度もだまされませんよ」

桜井の答えにアイラが言葉を返すことはなく、ただ静かに笑みを広げただけだった。

「とにかく、今日は送ってくれてありがとね。でも、アタシが暗いところ苦手だって、誰にも言わないでよ。特に勇人とかに知られたら、あの陰険野郎のことだから家の電球を片っ端から外して回るに違いないわ」

苦手とかいうレベルではなかった気もしたが。

「それは……先輩しだいですね」

アイラの弱点をにぎるなんてそうそうある機会ではない。

どうせ明日には仕返しをされるのだろう。今のうちに楽しんでおかなくては損だ。

「女の子を脅すなんてヒドイ男ね」

言葉とは反対に、アイラの声にはかすかな艶《つや》があった。

金髪をかき上げ、端正な顔をすっと近づける。突然の行動に思わず下がった桜井の腕を、アイラがつかんで止めた。

「本当はね、キミのことスキになりそうってのの、ウソなの」

「そんなのいまさら——」

「だって、もうとっくにスキなんだもの」

甘い声に理性が溶かされていく。

「……あ、あの、先輩……」

「口止め料、これでいいよね……？」

かすかに潤んだ大きな目が、桜井を正面からのぞき込んだ。

そのままアイラの顔が近づいてくる。

桜井は身体を硬直させたまま動けなかった。アイラの顔はもう目の前にまで迫っている。かすかな吐息が頬をなで、甘い香りが広がった。

全身が熱くほてっている。どうやって息をしているのかもわからなくなった。

ゆっくりと距離を詰めるアイラの顔が寸前で止まった。

わずかに赤くなった顔で、目を逸らしながらつぶやく。

「あの……目、閉じてくれる？　は、恥ずかしくて……」

「は、はひっ！」

情けない声を上げ、慌てて閉じる。

なにも見えない視界の中で、目の前にあるあたたかな温度だけがより鮮明に意識された。

鼓動が破けそうなほど跳ね回っている。一秒が一分に、一分が一時間に感じられる。緊張のあまり、目を閉じていてもめまいに襲われた。足がふらついていてもう立っているだけで限界になる。

そのとき。

ふわり、と。

かすかなぬくもりが唇にふれた。

緊張もめまいもすべて吹き飛ぶやわらかさだった。意識が真っ白になり、なにも考えられなくなる。全身の感覚のすべてが唇の先に集中していた。

温かくて、ちょっとかたくて、意外と小さい。

唇の真ん中にだけちょんとふれている。恥じらうような奥ゆかしさはまるで、まるで
——

思考を断ち切って桜井は目を開いた。

アイラの指先が桜井の唇を押さえていた。

「あはっ、キタイしちゃった？」

邪な笑みが目の前に広がる。

「……………………あーもうっ‼」

指先を振り払うようにして後ろに飛び下がった。

「あーもう！　どうして先輩は、こう……あ――――もう‼」

頭の中に広がっていた妄想を叫んで追い払う。

通行人がなにごとかと桜井に奇妙な視線を向けながら通り過ぎていった。

「口止め料、ちゃんと受け取ってくれた？」

「あんなのでごまかされるわけないでしょう！」

「じゃあナニをしてほしかったの？」

「うっ……」

ストレートに聞かれて言葉に詰まってしまう。

アイラがニヤニヤと見つめていた。

どうせまた言えないとか思って油断しているんだろう。

桜井は覚悟を決めた。

なんだったら押し倒してもいい。今度こそ男の意地を見せてやる。

「ナニをって、もちろん先輩のキ、キ…………………気にしないでください！」

これはヘタレたんじゃない。どうせ言ってもやってくれるわけないいんだから、戦略的撤退ってやつだ。

アイラがニタニタとイヤらしい表情でのぞき込んでくる。

「気にするなって言われると余計気になっちゃうなあ。なんて言おうとしたの？　キ……なに？」

もう完璧百パーセント絶対気づいているくせに、笑いをかみ殺しながらたずねてくる。

「なんでもありませんっ」

長引かせれば不利になるだけだ。強引に追求を断ち切った。アイラが唇をとがらせる。

「そんなに怒らなくてもいいじゃない。近道を教えてくれたお礼なのに」

「どう考えても仕返しの間違いでしょう」

「相変わらず桜井クンは面白いこと言うわね。そういうところが好きなのは本当よ」

やっぱり今までのは本当ではなかったらしい。

「いまさらそんなことでだまされませんよ。もしかしたら先輩の秘密は誰かに話してしまうかもしれませんね」

「あら大丈夫よ」

会話の主導権を取り返すための渾身《こんしん》の反撃だったのだが、余裕の笑みで受け流された。

「だって、アタシは桜井クンのこと信じてるもの」

キレイな笑顔でそう言われてしまうと、桜井としては口を閉じるしかない。

それでも腹は立たないのだから不思議だ。からかわれているとはいえ、アイラとここまで仲のいい男子も自分くらいだろうと思うと優越感さえ感じてしまう。

ゆるみそうになる頬をこらえながらしみじみと思った。美人は卑怯だ。

アイラの顔にはもう、暗闇に怯えていた女の子の面影はどこにもなかった。不敵に笑う、いつもの超越的な表情だ。

快活というより奔放で、気さくというより小悪魔な、いつものアイラだった。

でもそれは桜井が知るアイラの一面でしかなかったのだ。

キレイで、頭が良くて、人をからかってばかりで、窓からも平気で飛び降りるのに、暗いところと幽霊が苦手な普通の女の子だったのだ。

アイラは超人ではない。

どんなにディベートが超越的で、行動がムチャクチャであったとしても、九重崎愛良は同じ学校に通う生徒であり、たったひとつしか違わない女の子なのだ。

そんな当たり前のことさえ知らなかったと、桜井はようやく気がついた。

考えてみればそれだけではない。

休日はどうやって過ごしているのか。趣味は。好きな食べ物は。得意な教科は。住んでいる家は。

実はなにひとつ知らない。

そもそも出会って一週間ほどしかたっていないのに、なぜかすべてを知ったつもりになっていた。

今日だって、帰りが遅くなったのなら本郷のように迎えに来てもらえばいい。

なのにアイラは今日もひとりで帰っている。

兄である勇人とも仲が良くないらしい。

アイラは早く下校して、家でいったいなにをしているのだろうか。

そこまで踏み込んで聞くほど桜井も無神経ではない。

だからかわりに別のことをたずねた。

「先輩はどうしてディベートをしているんですか」

「ん？　楽しいからに決まってるじゃない」

相変わらずの即答に苦笑する。

「まあ、そうなんですけど、もっとこう夢といいますか。目標みたいなものってないのかなと思いまして」

「もちろんあるわよ。だって女の子だもの」

「……そのフレーズ気に入ったんですか？」

アイラはニヤリとするだけで桜井の質問には答えなかった。

「ディベートって日本じゃあまり知られていないけど、世界一を決める大会だってあるくらい規模の大きな競技なのよ」

アイラがうっとりと淫らな表情を浮かべる。

「世界中が注目するその場でウソが真実を駆逐したら、最っ高にゾクゾクするでしょうね……‼」

「………………相変わらずですね」

「歴史に悪名を残すようなディベートをするのが夢といえるかもしれないわね」

そう言い切ってから、ふと付け加える。

「そうすれば、みんなアタシを見てくれるでしょ」

生き生きと話すアイラの横顔が、少しだけ遠い目つきになった。桜井にはそう見えた。

どこにいても誰よりも目立っていて、なにをしても人目を引いてしまうアイラが「アタシを見てほしい」なんて望むのは不思議なことに思えた。

桜井の知らないアイラがここにもいる。

「だから、一度くらい世界大会に出てみたいわよね」

その言葉が、郡山の言っていた噂を思い出させた。

アイラがもうすぐ海外に転校してしまうという。

しかし桜井はそんな話を聞いたことがなかったし、アイラの態度はいつもと変わりない。現に今も、もうすぐいなくなるようなそぶりはなにも見せなかった。

アイラなら「転校前に桜井クンになにかイイコトしてほしいな」くらいは言いそうなものなのだが。

やはり郡山の言っていた噂はデマなのだろう。

なんだったら今ここで確認すればいい。

「先輩――」

声をかけようとして、なぜだかためらってしまった。

理屈などない直感のようなものが、桜井になにかを警告していた。

原因はわからない。でも、もしも、噂が本当なのだとしたら。アイラは本当に転校してしまうのだとしたら。どうして教えてくれなかったのだろうか。その理由を想像して、桜井は怖じ気づいてしまった。

しかしいつかは知ることになるのだ。遅いか早いかの違いでしかない。

それに噂が真実とは限らない。間違っていたらそれでいい。自分が考えすぎているだけだ。そう言い聞かせ、先を行くアイラの背中に声をかけた。

「先輩、海外に行くって本当ですか？」

ウソだと思いたかった。なにかの間違いであると信じたかった。

そのための確認だ。

アイラは転校しない。ディベート部の日常は終わらない。そうわかって安堵する。

そのはずだった。

声を聞いたアイラが驚いたように振り返る。その表情だけで答えはわかってしまった。

「ええ、そうよ。よく知ってたわね」

あっさりと認める。

気まずそうな様子を見せることもないあっけらかんとした態度に、桜井は声を失ってしまった。

続く言葉をかろうじて絞り出す。

「どうして……言ってくれなかったんですか」

震えそうになる感情を押し殺してたずねる。

アイラは不思議そうな顔をしていた。

「言ったほうがよかったかしら？　別に隠してたわけでもないけど」

疑問など欠片も感じていない顔で答える。それからようやく、にたり、といつもの表情を浮かべた。

「もしかして、アタシに会えないと寂しくなっちゃうとか？」

「…………そんなんじゃありませんよ」

そんなんではない、もっと別のなにかが桜井の胸を締め付けている。

「まあ二度と会えなくなるってわけでもないしね。ちょっとくらいガマンしてね？」

アイラにとって桜井は「からかいがいのある後輩」でしかないのだろう。

またいつか会えればいい。その程度なのだ。

海外に行ってしまえば、次に会えるのは一年後か、十年後か。もしかしたらもう二度と会えないかもしれない。その可能性だって決してゼロではない。

そう考えただけでこんなにも苦しくなるなんて知りもしないのだろう。

行かないでください。そう言えればなにかが変わったのかもしれない。

しかし桜井は言えなかった。

アイラの態度がいつも通り過ぎて、自分なんかこれっぽっちも意識されていないのだとわかってしまった。

引き止めてもきっと考えを変えたりはしないだろう。

人の言葉には耳も貸さず、自分のしたいことだけをする。それが九重崎愛良なのだから。

駅構内に電車到着のアナウンスが流れた。強烈なヘッドライトがホームに滑り込んでくる。

「じゃあまた明日ね、桜井クン」

小さく手を振って改札へと向かう。さっそうとした足取りに未練はなく、そのまま電車に乗り込んだ。

走り去っていく電車が見えなくなるまで、桜井はその場に立ち尽くしていた。

自分はこんなにも見つめているのに、アイラには振り返る気配さえない。

「また明日」があと何回あるのか。それすらも知らされていないと、いまさらながらに気がついた。


桜井はのろのろと帰路をたどっていた。

なにもやる気がしない。自転車をこぐ気力もわかず、押しながら家までの道を歩く。

幸いにも雨は降らなかった。かといって晴れるでもなく、星明りもない夜の街に、春特有の生ぬるい空気が漂《ただよ》っている。

いっそ雨でも降ったほうが、意識もはっきりしたかもしれない。どうやってここまで来たのか桜井にはまるで記憶がなかった。身体の芯からなにかがすっぽりと抜けてしまっている。

「よう桜井、お前も今帰りか」

力なく振り返る。

自転車をフルスピードでこいでいた郡山が桜井の目の前で急ブレーキをかけた。同じ中学に通っていたから家も近い。こうして帰り道に会うのも初めてではなかった。

「郡山は……部活か」

自転車のかごには真新しいラケットケースが放り込まれている。

ソフトテニス部に入部した郡山は、意外と真面目に頑張っているらしいと話には聞いていた。

「やってみるとなかなか楽しいもんだぜ。まあ、まだあんまり打たせてもらえないけどな。毎日素振り千回だよ」

素振り千回というと想像を絶する回数に聞こえるのだが、郡山の表情から苦痛は感じられない。

地味な練習でも楽しいと思えるのなら、それは本当に楽しいのだろう。桜井も昔はそうだった。

「もしかして美人の高嶺先輩と上手くいっているのか？」

「おいおい、俺を誰だと思ってるんだ。朝のあいさつで精一杯に決まってるだろ」

女好きでありながら、中学時代は結局ひとりの彼女もできなかったようなやつだ。

「でもしかたねーんだよ。俺と同じ目的で入った男は多いからな。いきなり声なんてかけたら、こいつも下心だけの男か、なんて思われそうじゃんか」

「事実なんだから仕方ないだろ」

「でも、いきなり話をするのはダメでもよ、一緒に練習したあとにちょっと声をかけるくらいだったらアリだと思わないか？　だからまずは練習することにしたんだよ。早くコートに入って一緒にテニスができるようにならないとな」

「気の長い計画だな」

しかし計画を語る郡山はずいぶんと楽しそうである。

「それに素振り千回ってのはやる気のない男どもをふるい落とすためらしいんだよ。つまりここでガマンすれば、憧れの先輩にぐっと近づけるってわけだ」

郡山が拳《こぶし》を熱くにぎった。

「今の俺なんかが話しかけても、どうせ簡単にあしらわれて終わりだろうからな。まだまだ遠い存在なんだってんなら、まずは近づくとこからはじめねーと」

郡山の言葉が、なぜだか桜井の胸に響いた。

恋に燃える友人からつい顔をそむけてしまう。

「ま、適当にがんばれよ」

「おうよ。桜井のほうは……大変そうだな」

「いや、大丈夫だよ」

「だったらなんでそんな顔をしてるんだ？」

はっとして郡山を見る。郡山は真剣な目をしていた。

「なにか辛いことでもあったんだろ。昨日の今日だからだいたい想像つくけどな」

「……なんだよ」

「言いたいことは言えるうちにちゃんと言っとけよ。そのほうがスッキリするぞ」

言えれば苦労はしない。それに言ってもムダだろう。あの人はやると決めたらやる人だ。意識もされていない自分なんかでは、止めるなんてできるはずがない。

「そう、だな」

それでも郡山が気を遣ってくれているのはわかったのでそう口にした。

郡山が軽くため息をつく。

「なあ桜井、俺たち親友だろ？　ウソは良くねえぜ」

「別に、ウソは言っていないぞ」

「本当に『そうだな』なんて思ってないだろ。でなきゃそんな顔をするはずがない」

アイラにならともかく、郡山にまで見抜かれてしまうと反論する気力も失せてしまう。

ため息も出なかった。

「もしかして俺は、顔に出やすいタイプだったのか？」

「なんだ、今ごろ気がついたのか」

郡山があきれながら答える。

「あんま細かいこと気にすんなって。先輩が高嶺の花だとしても、話しかけにくいとしても、もうすぐいなくなっちまうとしても、どれもあきらめる理由にはならねーだろ?」

「……それ俺のことかよ」

「さあな。桜井がそう思ったんならそうなんじゃねえの?」

郡山のくせに偉そうに見下ろしてくる。

でも言うとおりだった。

なんでも前向きに捉えられるのはこの女好きでアホでどうしようもない友人の数少ない美点だ。

「ま、お互い美人の先輩を好きになっちまった者同士、がんばろーぜ」

「いや、俺は別に先輩のことは……」

「なんだよ、まだそんなこと言ってんのかよ。いいじゃねえか好きになっても。あんなにキレイなんだし。なんなら俺が好きになってやろうか?」

郡山の軽口に思わずムッとしてしまう。

「お前なんかじゃ相手にならねえよ」

郡山が降参するように手を挙げる。

「なんだよ、やっぱそうなんじゃねーか」

「お前と一緒にするな」

「照れるなって。そんなの普通だろ。街を歩いていても、今となりに先輩がいたらなとか、飯を食ってるときでも、もし先輩と一緒に食べてたらこんなことしようかなとか、誰だって考えるだろ？」

「死ねストーカー」

「そこまで言うことなくね⁉　え、普通だろ？　……もしかして普通じゃねーの？」

苦悩する郡山は放置する。

胸が痛む理由はもう明白だった。

桜井と郡山は同じ境遇にいるにも関わらず、桜井は立ち止まってあきらめてしまい、郡山だけが前へと進んでいる。

そんな郡山が羨ましく、なにもできない自分が情けなかった。

城門を開けられないどころかノックすらできないなんて、男として生きている価値がない。アイラならそう蔑むだろう。

肩の力が抜けてしまうと、迷いのない本音が口からこぼれた。

「ほんと、情けないったらありゃしねーな」

郡山がニヤッと笑う。

「なんだ、今ごろ気づいたのか」

「よーし一発殴っていいんだなありがとう」

いまさら普通の生活を求めても遅い。

自分はディベート部に入り、それは全校生徒にも知られている。当たり前の学園生活などもう望めないのだ。だったらなにをためらう必要があるのか。

大切なのは、自分がなにをしたくて、そのためになにをしなければならないのか、だ。難しく考える必要はない。

アイラがいなくなれば、ディベート部はもう今のディベート部ではなくなってしまうだろう。

少なくとも桜井はまだ、今の生活を続けたいと思っている。

だったらやることはひとつだった。

アイラを引き留める。海外になんて行かせない。

確かに、自分なんかが言ってもアイラは聞きやしないだろう。他人の言葉で考えを変えるような性格の先輩ではない。

だったら多少強引にでも考えを変えさせてやればいい。

普通に言っただけでは、またからかわれて終わりだろう。それは郡山と同じだ。となりに並ばなければならない。練習後にちょっと声をかけられる程度の距離にまで近づかなければ、思いは届かない。

いつまでも仮入部員扱いされているようではダメだ。自分は本気なのだと、間違いなく伝わる状況を作らなければならない。

そんな方法は――ひとつだけあった。

「郡山、ありがとな」

どんなにバカでアホでウザイことこの上なくても、郡山のおかげで気持ちの整理がついたのだ。感謝の言葉だけはきちんと伝えておく。

「おう、気にすんな。俺たち親友だろ」

さわやかに笑って、パチンとウインクまで追加してくれた。桜井は思わず苦笑を返す。

「ああ、そうだな。ただの友達だ」

「なんでグレードダウンした⁉」

「じゃ、そういうことで。また明日な」

「言い直してくれねえの⁉」

叫ぶ郡山を置いて、桜井はペダルにかけた足を力強く踏み出した。

ディベートの成果なのか、アイラの性格がうつったのか、目的が決まると覚悟もあっさり固まった。あとは行動するだけ。なるようにしかならないだろう。どこまでうまくいくのかはわからないが、今できる最善を尽くすだけだ。

胸の内に燃える炎を自覚したとき、ああそうかと桜井は気がついた。

いつ来るかわからない非日常を待っているのが楽しいんじゃない。

自ら動いた結果がどうなるのか、あれこれ考えるのが楽しいのだ。そのためにあれをしよう、これをしようと策を巡らせるのが面白いのだ。

それはディベートも同じだった。

テーマに対してどう主張しようか、相手の主張にどう反論しようか。そのときの反応や答え、反撃の方法を考えるのが最高に楽しいのだ。ディベートそのものは、実はそれほど楽しんでいなかった自分に気がついた。

楽しいことだけをすればいい。そのためにやるべきことだけを考えればいい。

そうとわかれば、桜井の中から迷いはなくなった。

目的は決まった。方法もすでに考えてある。すべてが計画通りに運び、首尾良くアイラを驚かせたとき、果たしてあの先輩はどんな表情をしてくれるのだろうか。その瞬間を想像するのは――

「――ゾクゾク、するなあ」

クツクツと笑みを浮かべてしまう。

九重崎兄妹の気持ちが少しだけわかってしまった桜井だった。

翌朝は快晴だった。

朝のホームルームがはじまる前に、桜井は橘の教室へと向かう。

登校してくる生徒も増えはじめ、学校全体が騒がしくなりつつある。その中で、窓際に並ぶ席のひとつだけが周囲の喧噪から離れていた。

橘がひとりで本を読んでいる。桜井が目の前に立っても気がつく様子はない。

読書に没頭しているためではなく、はじめから周囲の干渉をシャットアウトしているように見えた。

本の後ろに全身を隠して、教室の誰も自分には関係ない、そう決めつけてうつむいているように見えた。

だん、と両手を机に叩き付ける。

橘が文字どおりイスの上で飛び上がった。

本を取り落とし、丸くなった目で見つめる。

「桜井君……？」

かろうじてつぶやく。

表情には怯えの色が強く出ていた。

「おはよう橘。悪いが協力してくれ。一緒にアイラ先輩に勝つんだ」

橘はわずかに目を見開き、すぐに下を向いた。

「でも、私……」

か細い声をもらす。

「橘は本気でディベートをしたことがあるか？」

うなだれる肩がピクリと震えた。

「本当は手を抜いている。そうだろう？」

うつむいているため表情はわからない。机の下にある握りしめられた手だけが見えた。

「もしもディベートに勝つことで先輩に恥をかかせるなんて思っているのなら、それは大きな間違いだ」

橘は答えない。じっと顔を隠している。

「先輩は真面目に教えてくれているのに、その俺たちが手を抜いているなんて知ったら、先輩はどう思う？　裏切られた。そう思うんじゃないのか？」

橘の唇が震えていた。頬をかみしめ、机の上に転がる本に向けてつぶやく。

「だって、アイラ様に嫌われたら、私にはもう……」

「一昨日の図書室で先輩に聞かれたことを覚えているか？」

あのとき、アイラは桜井たちに消費税増税の反論に対する意見を聞いてきた。

内容はまったくの初歩的なものであり、桜井でさえわかったほどだ。

「アイラ先輩が、本当にあんな初歩的なことに気がつかないと思うか？」

「え……？」

橘が困惑した声をもらす。

「先輩だって気づいていたはずだ。それでも橘にたずねたのは、たぶん、橘を試したんだろう。橘が本気でディベートをしているかどうかを。答えられなかったことをどう思ったかまではわからないが、まあ、たぶん――」

それ以上は桜井の口からは言えなかった。

だけど橘も覚えているはずだ。あのときアイラが言った最後の言葉。

――そっか。残念ね。

「あ……そんな……」

橘の顔が青ざめていく。

「私……いったいどうしたら……」

「決まってるだろ。全力を出すんだ。全力を出して勝つ。これ以外にないだろ」

橘の顔がゆっくりと桜井を向いた。

「全力で……私なんかが……？」

「そうだ。先輩は俺たちのことなんか、ただの後輩としか思っていない。だから今も仮入部員扱いなんだ。だからこそ勝つ。勝って、俺たちも先輩のとなりに並べるんだと認めさせるんだ」

桜井の声がだんだんと熱を帯びていく。

勝ちたい、認めさせたい。そう思っているのは自分も同じだった。

「そうしなければ、俺たちはいつまでも先輩の足元にも及ばないままだ。本当にそれでいいのか⁉」

教室内が静まりかえっていた。全員が桜井と橘に視線を向けている。

「今までディベートを続けてきたのはなんのためだ？　先輩のようになりたいからだろう。逃げていたら今のまま、なにも変わらない。ディベート部にいるだけのおとなしい女の子のままだ。それが嫌だから、ディベート部に入ったんだろう」

橘の目に涙がにじんだ。

「私、は……」

「橘はなんのためにディベートをしているんだ⁉」

「……アイラ様のように、なりたくて……」

「だったら、やるべきことがあるだろう。思うだけじゃ変われない。橘が今しなければならないことはなんだ……！」

橘がうつむくように下を向く。しばらくしてからつぶやいた。

「でも……私には、やっぱり……」

震える声からは覇気が失われている。立ち向かうなど考えられないといった様子だった。

桜井は静かに告げた。

「先輩にもう会えないとしても、それでいいのか？」

橘の目が上がる。かすれる声でたずねた。

「……どういう、意味ですか……？」

「海外に転校するそうだ。時期はわからないけど、たぶん、もうすぐ」

橘は絶句した。目を見開き、両手で口をふさぐ。

「……そんな……どうして、そんなこと一言も……」

「俺も聞くまで知らなかったんだ。俺たちは、先輩にとってその程度ってことなんだよ」

橘の目から大粒の涙がこぼれた。冷たくて重い涙だった。

「伝えられるのは今しかない。言うべきことを言えるのは、もう今しかないんだ。それでも橘は、まだここにいるのか？」

橘は黙っていた。真っ白な表情のまま、うつろな視線で桜井を見上げている。長い時間をかけて、ようやく言葉を発した。

「私には、アイラ様に言わなければいけないことが、たくさんあります。感謝しなければいけないことも、謝らなければいけないことも、たくさんあります……」

下を向き、やがて顔を上げた。同じ動作を、今度は素早く繰り返す。

静かに、だけどハッキリと、橘はうなずいた。

「言わなくてはならないんです。自分の口で直接、アイラ様に」

小さくても力強い宣言だった。

桜井は、かつて図書室でアイラが好きだと言ったときのことを思い出した。

この気持ちを伝えたい、そう思うことを止められない。そう語った橘を思い出した。

「なら、善は急げだな」

橘の手をつかんで引っ張り上げる。短い悲鳴を上げる橘の手を引いて教室を飛び出した。

「あ、あのっ、どこに行くんですか……っ！」

「全力を出すためには、勝つためにできることは全部しないとな」

橘を連れたまま廊下を走る。

着いたのは二階、三年生の教室が並ぶ廊下だった。

上級生の女生徒に道を聞き、教えられた教室に入る。

探していた人物はすぐに見つかった。なにしろ目立つ髪をしている。三年生の教室を前にして怯えている橘を連れて、その人物の前に並んで立った。

目つきの悪い金髪の男子生徒が、少しだけ驚いた表情で顔を上げた。

「一昨日の様子では、とても今みたいな表情ができるとは思えなかったんだがな」

勇人が面白そうにつぶやく。

「よく俺の教室がわかったな」

「金髪の三年生に今すぐ来いと脅された、と言ったらすぐに教えてくれました」

教室の出口に視線を向けると、場所を教えてくれた上級生が他の友達と一緒になにかをささやきあっていた。勇人の視線に気がつき、逃げるようにして去っていく。

勇人が苦々しい表情で桜井を睨みつけた。

「一昨日からは考えられない行動力だな」

「あのときは失礼しました。確かに一昨日の俺では勝てなかったでしょう。でも今は違います。勝ちます。勝って認めさせます。俺たちも同じディベート部員なんだと」

宣言する桜井の横で、橘もうなずいている。

勇人は目つきの悪い顔を、さらに凶悪な眼差しに歪ませた。

「いいだろう。なにがあったのかは知らんが、その気力があればひとまずは問題ない。気持ちで負けるようではアイラの演説に呑まれるからな」

勇人が席を立つ。

「行くぞ」

「え……？　行くといっても、もうすぐ朝のホームルームがはじまる時間ですが」

「早くて困ることはない。そう思ったから来たんだろう」

それはそうだが、桜井としては朝のうちに決意を表明し、昼休みから練習をはじめられればいいと思っていたのだが。

「授業など、アイラの歪んだ表情を思えばどれもつまらんものだ。受ける価値もない」

言い切って教室を後にする。

桜井たちも慌てて追いかけた。

「言っておくが、やるからには本気でやるぞ。憎たらしいことだが、付け焼き刃で勝てるほどアイラは甘くないからな」

「望むところです」

すかさず答える桜井に目を向け、勇人は邪な笑みを浮かべた。

そしてふたりは学ぶことになる。

アイラにさえ「アタシを倒すために考えられた」とまで言わせた、その異端のディベート法を。

第三章　「好奇心は猫を殺す。是か非か」

決戦は来週の月曜に決まった。

どれほどディベートの練習を積んでも、知識量で負けては話にならない。せめてアイラと同程度の知識くらいは得ておく必要があった。

昼休みと放課後はいつも通りに部活をこなし、部活が終わったあと、桜井と橘は図書室で勇人にしごかれた。その後夜遅くまでファミレスで勉強し、土日は図書館にこもって閉館になるまで勉強し続ける。

ディベートの構成やセオリー、過去の対戦記録から、政治や経済などの諸問題まで、学ぶべきことは数多い。すべてを知るのは不可能だが、それでもできる限りの知識は詰め込んだ。

そうしているうちに、あっというまに月曜日となった。

昼休み前に勇人が最終確認にやってくる。

「準備はできているだろうな」

「完璧ですよ」

「場所も予定通りだ。せいぜい発声練習をしておけよ」

普通に戦っては勝ち目などない。だから今回の勝負は緻密な計算の上に成り立っている。それが勇人のディベート術だ。

一手一手を確実に積み重ねて初めてアイラに勝つ可能性が生まれるのだった。

今日の昼休みディベートは職員室前の廊下だとアイラがうれしそうに語った。信じられないことを思いつく人だ。

「こんな目の前じゃ増岡とかにすぐ止められますよ」

無駄だとは思いつつも一応言ってみる。

「大丈夫よ。ここに来る前に旧校舎でちょっと騒ぎを起こしておいたから、今ごろはあっちを走り回ってるはずだもの」

窓から旧校舎のほうを見てみると、なにやら一階に人が集まり、煙のようなものが立ち昇っていた。

「……本当に『ちょっと』なんですか？」

「ちょっと花火を五、六発ね」

それ以上は怖いので追求しないことにした。

桜井は集まったメンバーを見渡して別のことに気がつく。

「橘はどうしたんですか？」

「なんか体調がよくないから休むってメチャクチャ丁寧なメールが来てたわよ」

決戦は放課後だ。大事をとって休んだのだろう。

桜井だってすでに多少の緊張を感じている。

橘の性格を思えば、胃に穴が空いていてもおかしくはなかった。さすがに心配になってくる。実力以上の力を発揮してようやく勝負になる相手なのだ。

「ところで桜井クン、最近橘ちゃんと仲がいいみたいじゃない?」

このタイミングで聞いてくるとはさすがに勘がいい。しかし予想していた質問でもあるため、慌てることなく答える。

「まあ同じ一年生同士ですし、廊下で会うこともありますから」

アイラがわずかに声をひそめる。

「夜遅くまで一緒にいるらしいじゃない。まさか本当に手を出したんじゃないでしょうね」

からかうような口調だが、眼光は鋭く桜井を射貫いている。

どこまで知られているのか、アイラの表情からは読み取れなかった。

「勉強をしているだけですよ」

「そ。だったらいいんだけど」

あっさりと身を引く。

桜井は内心だけで息を吐いた。

勇人に一週間後と言われたときは正直短すぎると思ったのだが、今にして思えばちょうどよかったのかもしれない。これ以上長引かせれば勘づかれてしまいそうだ。さすがはアイラの兄というところだろう。

「さて、さっさとディベートをはじめちゃいましょうか」

手にはすでにテーマの書かれた紙を持っていた。いつのまに引いたのだろうか、などと考えるのは素人だ。どうせはじめから持っていたに違いない。

「さーて今日のテーマは『人は見た目が九割である。是か否か』よ！」

嬉々として叫ぶ。相変わらずこの人は相変わらずだなあ、と桜井はあきらめの境地でつぶやいた。


放課後のホームルームをサボって桜井は一階の空き教室にいた。正面には橘もいる。落ち着かない様子で周囲を気にしていた。

「そんなに緊張するなよ」

「でも、誰かに見つかったら」

「心配しなくても、この時間にわざわざ見回りをする先生なんていないよ」

「そうなんですか。授業を抜け出すのって初めてなものですから」

橘が照れたように笑う。

桜井の携帯と橘の携帯が同時にメールの着信を告げた。

アイラからのメールには、今日の集合場所が体育館に決まったと書かれている。

事前に勇人から情報を得ていた通りだった。

今日は体育館では部活が行われず、明日の全校集会の準備が行われるらしい。大勢の人が出入りする絶好の機会を、アイラが見逃すはずはない。念を入れて勇人がさりげなくアイラに情報を流すことにもなっていた。

「いよいよ、なんですね」

橘がつぶやく。表情が青白くなっていた。

「大丈夫か」

無理をさせたくはなかったが、決戦の日は今日以外にない。

桜井には見守るしかできなかった。

「大丈夫です」

橘が答える。悲壮とさえいえる表情は、とても大丈夫には見えなかった。

「なにか趣味みたいなのはないのか。それをやってるときが落ち着くみたいなやつが」

気を紛らわせれば、多少は落ち着くかもしれない。

「私はあまり……趣味とかはありませんので……」

「本はどうだ？　前に教室に行ったときは本を読んでいただろう」

桜井としては名案のつもりだったのだが、橘はかすかな笑みをみせた。

「実は私、読書が好きというわけではないんです」

「え？　でもだって」

周囲の様子も気にならなくなるほど読書に夢中だったように見えたのだが。

「本を読んでいると、音が静かになるんです。周りの景色も見えなくなります。みんなの楽しそうな会話も、仲の良さそうな笑顔も、全部見えなくなるんです」

橘は静かに話している。

「だからずっと本を読んでいました。なにも気にしなくてすみますから」

「……その、なんだ。橘は、学校があんまり好きではないのか？」

しかしその割には、部活の練習には毎日参加している。

橘がゆるく首を振った。

「みんなが嫌いというわけではないんです。にぎやかな雰囲気には憧れていました。だからずっと学校には行っていたんです。今日こそは私も、と思いながら。でも、勇気がなかったんです」

桜井にはなにを言えばいいのかわからない。橘の話を黙って聞いていた。

「私なんかが話しかけてもつまらないだけなんじゃないか。嫌われるんじゃないか。そう思ったらもう、勇気なんてなくなっちゃうんです。

だから、アイラ様のようになれたら、私にもあとほんの少しの勇気が手に入るかなって、そうしたら友達ができるかなって、ずっと思っていました」

それから橘はまた苦笑する。

「思うだけじゃダメだって桜井君に言われたとき、すごくショックでした。私は今までずっと、アイラ様のようになりたいと思うだけで一歩も前に進んでいなかったんです」

視線は下を向いたままの、誰にも向けられていない自嘲する笑みだった。

「今俺に話しているみたいにすればいいんじゃないのか」

「そうなんですけど……。でも、できないんです。不思議ですよね、桜井君にならできるのに。きっと、ずっと一緒に練習してきたからでしょうか」

「だったら、それもついでに練習しようか」

「練習ですか？」

小首をかしげる。

「そうだ。友達っていうと難しそうに聞こえるかもしれないけど、携帯の番号を交換するくらいだったら、百人くらいすぐにいくぞ。ほら」

携帯を橘に向ける。

「えっ、あ、ちょっと待ってください」

橘がわたわたと携帯を取り出して操作する。

「えっと、受信の設定は、たしか……」

慣れない手つきでキーをいじったあと、うやうやしく携帯の先端を差し出した。

「よ、よろしくお願いします……」

桜井は思わず苦笑した。

「そんなに緊張するようなことじゃないよ」

赤外線を送信する。

わずかな待機時間のあとに、「送信しました」の文字が流れた。

「……もう終わりなんですか？」

わずか数秒の操作を、橘は不思議そうに見ていた。やがてじわじわと頬がゆるんでいく。

「私、こういうのがあこがれだったのかもしれません」

自分の携帯を大切そうににぎっている。

「こうやって、友達と携帯番号を交換したり、一緒に部活をしたり、そういうの、本の中でしか見たことありませんでした」

「なに言ってんだ。次は橘の番だぞ」

「え？　私ですか？」

本当にわからないらしい。桜井は苦笑しつつ携帯を振ってみせる。

「橘の番号がわからないだろ」

「あっ、そうですよね、すいません」

頭を下げながら再び携帯を操作する。

桜井が先に差し出した。

「どうぞよろしくお願いします」

「そ、そんなにかしこまらないでくださいっ」

赤い顔で自分の携帯を合わせる。

番号を交換すると、橘は重いものを吐き出すように息をついた。

「アイラ様のようになって、友達ができたらいいなって、そう思ってディベート部に入りました。

だから、ありがとうございます。桜井君は私の初めての友達です」

「初めてって……中学とか、小学校とか――」

うっかり滑った自分の口を、強引に押さえて止めた。

今まで本当にひとりも友達がいなかったのだとしたら、それは壮絶な過去だったに違いない。

考えてみれば、橘と同じ中学の出身だという生徒のことを聞いた記憶がなかった。どこか遠い地域から引っ越してきたのかもしれない。それこそ逃げるように。

送信しました

押さえていた手を下ろす。

かけるべき言葉は謝罪でも同情でもない。激励であるべきだ。そう思った。

「そんなんで満足するなよ。あと九十九人だぜ」

橘は小さくうなずく。

「そうですね。なんだか実感がわかないです。私にそんなことができるなんて」

うつむく橘の声は自信がなさそうに揺れていた。

「桜井君は、私にできると思いますか？」

「もう十分できてるだろ」

思ったことがそのまま言葉になった。

「少し前の橘なら、俺とは目も合わせてくれなかっただろう」

「あ、あの、それはその、ごめんなさい……」

「気にするなって。今はもう平気だろ」

じっと橘の目を見つめる。見つめ返す橘の顔が、かあっと赤くなった。慌てたように下を向く。

「ご、ごめんなさい。そんな風に見つめられると、恥ずかしいです……」

「ああ、そっか。それは悪かった」

そういえばアイラに似たようなことを言われたことがあったと思い出した。ふたりの態度はまるで違う。女の子らしさではまるで比較にならないくらい橘のほうが可愛い。

これが女の子ですよと教えてやりたい気持ちだった。

視線を外すと、橘の顔がおずおずと上を向いた。

桜井の顔というより、少し下の胸元で視線が止まる。

「意識すると、難しいですね」

「それだけできれば十分だろ。あとは、もっといろんな人と話すだけだ」

「そうですね。はい、がんばります」

まだ少し赤い顔で、橘が微笑んだ。

ひかえめだけど可憐な、小さい花のような笑みに、桜井も思わず顔をほころばせた。

橘ならきっとできるだろう。

他人より少し時間がかかるかもしれないが、それでも自分なりのペースで歩いていけるはずだ。

「だって、こんなにも可愛い笑顔ができるんだからな」

「はい、ありが……え、ええっ⁉」

「…………あ」

言ってから自分のセリフに気がつく。

「私なんか、その、全然、ほんと、アイラ様なんかに比べたら……！」

アイラと比べたらほとんどの人が凡人になってしまうだろう。

橘は耳まで赤くなった顔で完全にうつむいてしまった。恥ずかしいのは桜井も同じだったが、いつまでもふたりで顔を赤くしているわけにもいかない。なんとか言葉を絞り出す。

「まあ、その、なんだ。深い意味はないから、気にするな」

もっとマシなことは言えないのかと、自分がイヤになりそうだった。

「そ、そうですよね……私なんか……」

橘も小さくつぶやいている。

結局それ以上の会話は続かなかった。

空き教室にチャイムが鳴り響く。ホームルームの終了を告げる音だ。ふたりきりの教室だと、聞き慣れた音がやけに大きく感じられる。

多少気まずくなった空気を変えるように、桜井は勢いをつけて立ち上がった。

「時間だ、いこうぜ橘」

手を差し出す。

橘は少しためらったあと、桜井の指先をそっとつまんで立ち上がった。

まだ少し照れが残っているようだったが、その手からはもうガチガチの緊張はなくなっていた。

「いよいよなんですね。がんばりましょう」

「頑張るだけじゃダメだ。全力を出し切る。それでも勝てるかどうか、だろ」

「はい、がんばり……えっと、なんて言えばいいのでしょう」

「勝ちます、でいいんじゃないのか」

「そうですね。私、アイラ様のためにも、その、勝ち……たいです」

最後の最後で表現がやわらかくなってしまったが、それが橘だろう。熱意は十分に伝わってくる。

一階の空き教室は体育館の正面にある。決戦場は目の前だ。教室の扉を、桜井は勢いよく開いた。


教室を出た桜井は、廊下の先に見知った人影を見つけた。少しためらってから橘に声をかける。

「悪いけど先に行っててくれ」

「いいけですど、どうしたんですか？」

「ちょっと用事を思い出してな」

橘を先に行かせてから、桜井は反対方向の廊下へと走った。遠くの影に向かって声を張り上げる。

「新村！」

　ラケットケースを抱えた新村が立ち止まる。

「新村は、これから部活か？」

　またあいさつのときのように無視されるかと思ったが、新村は振り返って答えた。

「そうよ。桜井君はホームルームにいなかったけど、どうしたの？」

　たずねる口調が硬い。さすがに元学級委員として怒っているようだった。

「いや、まあ。部活の練習だよ」

　別にウソは言っていないから平気だろう。

　新村はわずかに目を揺らせたあと、鋭い視線で桜井を見た。

「それで、なにか私に用なの？」

「新村さえよかったらなんだけど、もうすぐディベートがはじまるから見ていかないか？」

　これからやるディベートはいつもの部活動の一環だが、桜井にとってはただのディベートではない。全力で挑む真剣勝負だ。新村にディベート部を理解してもらうにはちょうどいい機会だと思ったのだ。

　新村はわずかに黙っていたが、やがて口を開いた。

「どこでやるつもりなの？」

一番答えにくい質問を真っ先にされてしまった。

「ええと、体育館で……」

「たしか全校集会の準備があったはずよね？」

「ちょ、ちょっとスペースを借りて、お邪魔させてもらおうかなーと……」

言いながら目の前で新村の顔が不機嫌になっていく。正直すごく怖かった。

「どうして、ディベート部なの？」

言葉がナイフのように刺さる。

「なんでかって聞かれたら、そりゃ、やっぱり楽しいからだけど」

「楽しければなにをしてもいいってわけじゃないでしょ」

「いやまあ、そうなんだけどな」

容赦のない追求に、桜井は早々に降参を決めた。新村のほうがディベートに向いているのではと思えてしまうほどだ。

どうやら本格的に嫌われてしまったらしい。

「確かに言い訳はできないな。だから俺のことは嫌いになってもかまわないし、ディベート部を差別するのも当然だ。それは仕方がないって自分でも思うよ」

「私は別に、桜井君のことは……」

新村がうつむく。

「でもみんな、それぞれの思いや夢を持ってやっている。確かに迷惑かもしれないけど、遊びでやっている人なんていない。本気でディベートをしてるんだよ。

理解してくれとも許してくれとも言わない。ただ見てほしいんだ。一度でいいから、本気のディベートを感じてほしい。みんなが、俺たちが、どれだけ真剣なのかを、新村に知ってほしいんだ」

今の桜井の中にある、嘘偽りのない気持ちだった。

新村はうつむいたまま視線を合わせようとしなかった。足下に向けてつぶやく。

「桜井君は、ディベートが好きなの？　それとも——」

途切れた言葉は続かなかった。

それとも、のあとに続く言葉を考えたとき、桜井の脳裏に浮かんだのはひとりの上級生だった。

人並み外れた美人で、性格は破綻気味。頭はいいくせにろくなことを考えないで人をからかってばかりの、だけどほんとは怖がりのかわいい先輩。

「俺は……」

思考がかき乱されてまとまらない。

アイラを頭に思い浮かべるだけで、まともな思考ができなくなってしまった。

「…………そっか」

声はため息のように聞こえた。小さな背中を桜井に向ける。

「これから、練習だから」

引き留めたかったが、新村にだって目標があるだろう。無理強いはできない。

「わかった。練習がんばれよ」

新村の足がほんのわずかにだけ止まった。

「……うん、ありがと」

ラケットケースを重そうに担《かつ》ぎなおして、テニスコートへと歩いていった。


体育館に入ると橘が不安そうな表情で待っていた。

「桜井君、そろそろ時間ですよ」

「悪い。もう大丈夫だ」

新村が来られないのは残念だったがしかたない。

桜井は気持ちを切り替えた。

これから決戦なのだ。ひとつ選択肢を間違えれば、それだけ奇跡は遠ざかる。勝負はもうはじまっているのだ。

ステージの上にはすでにアイラと本郷、それに勇人が待っていた。

遅刻したことを怒られる、かと思いきや、到着した桜井に気づく気配もなく美男美女の兄妹が睨み合っていた。

アイラが歪んだ笑顔で挑発する。

「キスもしたことのないヘタレが顔を出すなんて珍しいじゃない。アタシに負けるのが怖くて逃げてたんじゃなかったのかしら」

「口の悪さは相変わらずだなアイラ。そんなんだからクラスで孤立するんだろう」

「へえ、否定しないんだ？　お兄様もまだだったんですね」

勝ち誇るアイラ。勇人の顔が凶悪に歪んだ。

「人を愛せる良い子にと願って名付けられたのに、性格は真逆になったな……っ！」

「勇気のある強い人にと願って名付けられたのに、性格は真逆になっちゃったわね」

いがみあう九重崎兄妹。

放っておくといつまでも続きそうだったので、桜井が割ってはいることにした。

「あのー、遅れてすみません」

「あら桜井クン。早かったじゃない。もっと遅くてもよかったのに」

アイラの笑顔がいつになく艶やかになっている。

あえて表現するまでもなく、自分の兄をいじめ抜くのが楽しくてしかたがないといった顔だ。勇人が部活に来なくなるのも当然だった。

「さて、全員そろったことだし、今日の組み合わせを決めようかしら。といっても、一組目は決まってるけどね」

ニヤついた目で勇人を見る。

「久しぶりの部活だからリハビリが必要でしょ。最初はアタシと――」

「待ってください」

さっそく決めようとするアイラを慌てて止める。

「今日は俺と橘が組みます。そして、アイラ先輩と勝負させてください」

「あら、勝手にそんなこと――」

素直に受けてくれないのは予想していた。だから用意していた言葉を放つ。

「負ければ先輩の言うことをなんでも聞きます」

「……あら？」

アイラの顔に邪な笑みが広がっていく。

「かわりに俺たちが勝ったら、俺たちの言うことを聞いてもらいます」

「……あらあらあら？」

アイラがチラリと勇人を見る。

「久しぶりに顔を見せたと思ったら、そういうこと……。いったいなにを企んでくれたのかしら？」

碧《あお》い瞳が興味深そうに輝いている。アイラがこの手の挑戦を断るはずがないだろう。

承諾する直前に、橘が一歩前に出た。

「私は、先輩に謝らなければならないことがあります」

唇をかみしめながら、うつむいたままで告白する。

「私は今まで、手を抜いてディベートをしていました」

橘の声は震えていた。

一度も文句を言わなかった橘が、みんなが注目するこの場で自ら発言している。それも自分の過《あやま》ちを告げるためにだ。

告白には相当な勇気が必要だっただろう。

それでも言わなければ前に進めない。そう感じたからこそ、勝負を前にした今この場で口にしたのだ。

「先輩は私なんかにも本気でご指導くださいました。なのに私は、本気を出してもし万が一勝ってしまったら……。傲慢にもそう思っていたのです。お怒りになるのも当然です。きっと軽蔑なさったことでしょう。私はそれだけのことをしたのですから」

橘の顔は青白く、目はアイラに合わせることもできていない。

それでも言葉だけは続けた。

「私が今まで非常に失礼なことをしてきた事実は覆《くつがえ》せません。だからこそ、今一度機会をいただきたいのです。これまでの非礼を詫び、これまでのご恩に応えるため――」

橘の顔が上がる。揺るぎない瞳でまっすぐに言った。

「――私、橘詩織は、全力でお相手させていただきたいと思います」

今回の勝負で、橘の存在は不安要素のひとつであった。

アイラを前にして気後れを感じてしまったり、言うべきことを言えなかったりする事態も想定していた。

しかしその心配は不要だった。

橘はもう、内気なだけの女の子ではなくなっていた。

これならば勝てる。

桜井は確信に似た手応えを感じた。

「……そう。そんなに求められちゃったら、断れないわね」

アイラの笑顔が濃度を増していく。

「桜井クンもそうなの？」

「俺は、これまで全力だったかと聞かれたら、違います。どこかであきらめてましたから。勝てなくてもしかたがないと。でも今日は違います。全力で勝ちに来ました」

「あらあら、そんなにやる気になっちゃって。いったいアタシになにをさせたいのかしら」

アイラが考え事をするように、わずかにうつむく。

「ひとつ確認したいんだけどいいかしら」

「ええどうぞ」

「なにを命令してもいいのよね？」

まず真っ先にそれを確認してくるところに、寒気を覚えずにはいられなかった。

アイラの表情はこれ以上ないほど邪に歪んでいる。

いったいなにをさせるつもりなのか考えるのも恐ろしい。

だがここで引くわけにはいけない。桜井は覚悟を決めた。予定にはなかったが明言する。

「かまいません。なんでも、です」

にたあ、と口元が吊り上がるのを桜井は見た。

「……うふっ」

もはや悪いことを考えている顔ですらない。鬼か悪魔か、どちらにしろ鬼畜なことを考えている顔だ。

いつのまにか体育館が静まりかえっていた。全員が作業する手を止めてステージ上の成り行きを見守っている。

生徒たちの目がアイラに集中していた。

アイラは全校集会で使うためのマイクをつかみ、体育館中に響く声で告げた。

「その勝負受けて立つわ」

大気を揺らすように歓声が沸いた。

特に男子共の雄叫びがすごい。「なにをしてもいい」と聞いて、思春期特有の期待でもしているのだろう。携帯を取りだして興奮気味に話し出す生徒も多く見られる。

桜井には彼らの空気を読むつもりはないが、ギャラリーが多くて困ることはない。多ければ多いほど集団心理が働いて、桜井たちに有利となるはずだ。

桜井たちがこの日のために準備を重ね、万全を期してきたと知った上で、アイラは勝負に乗った。

好奇心は猫を殺す。

アイラの唯一にして最大の弱点だった。


ステージの両端に机が並べられた。

桜井たちとアイラがステージの右端に座り、反対側に本郷と勇人のジャッジ陣が座っている。桜井たちとは向き合う形だ。ステージの中央には、明日の集会のために準備されたマイクスタンドが立っていた。

今も続々と人が集まり続ける体育館に、マイクを持った本郷の声が響き渡った。

「ではそろそろはじめよう。本日のテーマを発表する」

本郷が例の箱を取り出した。

背筋に緊張が走る。テーマが発表されるこの一瞬は、いつになっても心地よい緊張感が走り抜けた。

取り出した紙を広げ、朗々《ろうろう》たる声で読み上げる。

「自動車が現代社会の発展を妨げている。是か否か」

車《クルマ》問題は多く扱われる政策系のテーマだ。部活内でも何度か経験した。桜井たちにとってもやりやすいテーマである。

「肯定側が九重崎愛良君。否定側が桜井祐也君と橘詩織君だ」

「うふっ。よろしくね、ふたりとも」

「は、はいっ！　こちらこそよろしくお願い致します！」

橘がやけに恐縮しながら頭を下げる。桜井も軽く頭を下げた。

「お手柔らかにお願いします」

「あら、嫌に決まってるじゃない」

アイラが顔の形だけはニッコリと、だけど目の奥で壮絶な光を浮かべる。

「だって、あーんなことやこーんなことをさせてもいいんでしょ？　手を抜くなんて、絶対にありえないわ。必勝を期して全力で臨ませてもらうから覚悟してね？」

アイラの全身からどす黒いオーラが立ち上っていく。目の前に立つのは、もはや美人の上級生なんかではない。悪魔だ。人の形をした悪魔が舌なめずりをして桜井を待ち構えている。

桜井の頬を汗が流れ落ちた。

負けたら殺される……！

比喩ではなく本気でそう思った。

「それでは開始する。立論一回。反論二回で行う。準備時間は二十分だ」

ディベートでは、テーマの発表から実際にはじめるまでに準備時間がある。

放送室を乗っ取ってのモデルディベートでは準備時間を飛ばしていきなりはじめていたが、あれは慣れていたためと、いつ追い出されるかわからなかったから急いでいたためだろう。

ディベートの形式によって準備時間はいくつもの種類がある。十分程度から、三カ月以上あるものまで様々だ。今回は二十分であり、即興型のディベートとしては一般的な時間である。

準備時間内にすることは大きく分けて二つある。

立論の作成と、相手の主張を予想しての反論の作成だ。

それに加えて、今回のようにテーマがあいまいな場合は、もうひとつ増える。それが定義《ディフィニション》だ。

今のままでは何についてディベートすればいいのかハッキリしない。

「未来の世界の猫型ロボットは少年にとって有害である」について、「猫型ロボット」や「有害」などの各単語をきちんと定義した上で「未来の世界の猫型ロボットは少年を健やかに成長させる」と言い換えたように、今回もディベートの形式にテーマを作り変える必要があった。

どう言い換えるかは肯定側のさじ加減ひとつだ。

とはいえ、なにをしてもいいわけではないし、ある程度は予測できる。少なくとも車にちなんだテーマとなることは間違いない。

貿易摩擦やリコール問題。地球温暖化から派遣労働者の問題まで、多くのテーマが思い浮かぶ。車関係のディベートが多いのもそれが理由だ。

だがしかし、あのアイラがありきたりなテーマを持ってくるはずがないだろう。

橘とふたりで相談しながらいくつかの候補に絞り込み、それらについて立論と反論を整理していく。

それだけで二十分の準備時間はあっというまに過ぎ去ってしまった。

「時間だ。肯定側の立論に入る。九重崎愛良君、前へ」

本郷にうながされて、ステージの中央にアイラが立つ。

マイクスタンドのマイクを抜き取ると、それだけでざわめいていた観客から声が途絶えた。

オリーブオイルのように透き通った金髪をひるがえす立ち姿は、それだけで十二分に存在感を発揮していた。

「みんなこんにちは。ディベート部二年、副部長の九重崎愛良よ。今日はこんなに集まってくれてありがとう。それにジャッジの人にも、まあ勇人はいてもいなくてもいいっていうか、どっちかというといないほうがいいんだけど、本郷部長には感謝するわ」

アイラがニタニタと笑みを見せる。勇人はむすっと口をつぐんでいた。

「さてみんな、今回は人生がかかっていると言っても過言ではないディベートだから、証人をよろしくね」

「……なにをさせる気なんだ」

物騒なアイラの発言を前にして、桜井は必勝の決意をさらに固くした。

アイラは観客とジャッジの両方に語りかけている。

ディベートとはジャッジを説得するゲームだから、本来なら観客に向けて演説する必要はない。それをするのがアイラの性格だろう。

「さて、まずは現状の分析からはじめましょうか。『自動車が現代社会の発展を妨げている』。このテーマが果たしてなにを意味しているのか、ということね」

いよいよはじまったディベートに、会場内が張りつくような緊張感に満たされた。

「ところで、車ってどんなイメージがあるかしら。昔は高級品だったらしいけど、今はそんなことないわよね。軽の中古なら十万ちょっとで買えるところもあるくらいだし。手を伸ばせば十分に届く存在だわ。

いつでも好きなところに行けるし、友達や家族だけで旅行にも行ける。あればきっと便利よね。

でもその影で、自動車には負の側面もあるわ」

アイラの声は静かに響く。体育館の半分を埋めるほどにまで集まった生徒達は、誰ひとりとして声を発していない。

美人過ぎる表情は、ときに壮絶とさえいえる感情を帯びる。

無駄に大声を上げたり、わざとらしく抑揚をつけることはない。その必要もなく、アイラの演説は聞く者の目を奪い、声を失わせる。

強豪ディベーターと呼ばれる理由のひとつだ。

「車は多くの二酸化炭素を吐き出して温暖化を促進させる一因となっているし、限りある資源のおかげでガソリン代は値上がりし続けている。渋滞に巻き込まれたときなんて、人生にとってムダな時間以外のなにものでもないじゃない。自動車が必ずしも人を豊かにす

ると は限らないのよ。

でも、そんなことよりもはるかに重要な、決して許してはならない問題があるわ」

言葉を区切って間をためる。続く言葉に重みを乗せて、低く声を響かせた。

「それは、年間約五千人にもなる交通事故死者よ」

その言葉を聞いたとき、桜井の中に鈍い痛みが走った。

体育館内に再び落ちた沈黙は、先程までとは明らかに異質な、冷たい沈黙だった。

自分の声の質感や、耳への感触までを知り尽くした上で、アイラは発声している。体育館内の空気は完全に掌握されていた。

「最近では事故死者数は減少傾向にあるなんて言われているけど、それでもまだまだ五千人近い死者が毎年出ている。自動車なんていう危険な乗り物が普及してしまったおかげで、毎年多くの命が失われているのよ。

五千人ってどれくらいの数かわかるかしら?

うちの高校は一学年で八クラスずつあるわ。一クラス四十人だから、全校生徒は千人弱。私たち全校生徒の五倍の人数が死んでも、まだ五千人には足りないわ。想像を絶するわよね。それだけの人が、毎年亡くなっているのよ」

静寂の中に、どこかで生唾を飲む音がした。

「なのに誰も疑問視せず、政府はなんの対策も打とうとしない。本当にこのままでいいのかしら？」

問いかけが静寂の中に溶け込んでいく。

「誰かが手を挙げなければいけない。こんなのはおかしいと、勇気を振り絞って声を上げなければ、世の中は変わらないわ。

はじめは小さな波紋でも、国民全体に広がりひとつとなれば、どんな壁だって乗り越える巨大な波に変わる。その最初のひとつになる覚悟が、アタシにはあるわ。五千人の命を救うために、アタシは立ち上がる」

決意をこめた声が響く。

桜井は頭を振って、反響するアイラの声を耳から追い出した。

うっかりするとこれがディベートであることを忘れそうになる。気を張って心を保たなければ、簡単に心が呑まれてしまいそうだった。

観客の中には、気がつかないまま熱心にアイラを見上げる生徒も多い。

会場はアイラの声によって完全に支配されていた。

「そこで、肯定側は次の提案をするわ」

ついにテーマが明かされる。

桜井は強引に気持ちを切り替えて、次の言葉に集中した。

予想していたテーマならばかまわない。だがしかし、まるで予想外のところから攻められると、立論をいちから作り直さなければならない。

アイラの主張を聞き、反論を考えながら自分たちの立論も同時に考える作業は、なかなかに困難だ。

桜井は固唾《かたず》を呑んで次の言葉を待った。

身を乗り出した桜井を、アイラの視線が艶めかしく捕らえる。妖しく歪んだ唇が、魅惑の言葉を口にした。


「日本国政府はすべての自家用車を禁止すべきである」


「とんでもねーこと言い出しやがった！」

思わず声に出てしまう。

当然だがそんなテーマは想定していない。全部やり直しだ。

「自家用車とは、個人で所有するすべての自動車と定義するわ。バスや救急車などの公共機関、それにトラックやタクシーなどの運送業は除外するわ。外回りなどに使う営業車は禁止にしたいところだけど、複雑になるから今回は除外しましょう。個人経営の店も同様に除外ね。

純粋に私用のための乗用車の所有のみを禁止とします」

アイラがすらすらと並べ立てる。

「どうせ自家用車なんてろくな用事に使ってないと思うけど、それでも必要な時はあるでしょう。そのため、自家用車がなくなった分の移動手段として、バスなどの公共機関を増やして対応するわ」

よどみのない口調は、桜井たちに考える余裕を与えないためであるかのようだった。

「すべての自家用車を禁止するメリットは二つあるわ。ひとつは、言うまでもないわよね。交通事故の減少よ」

美しい瞳が、聞き入る観客を眺め、勇人と本郷に移る。

「交通量が減れば事故が減るのは当然の引き算よね。年間五千人もの死者が出ているのに、なんの対策も打たない現状がおかしいのよ。

そもそも、十分に殺傷能力を持った時速数十キロで走る鉄の塊《かたまり》が、隔離もされていない剥き出しの空間を歩行者と併走していること自体、正気の沙汰じゃないわ。ちょっとハンドル操作を誤るだけで、アタシたちは簡単に轢《ひ》かれるのよ。

それを極論というかしら？　だったら、電車の線路に張られた立ち入り禁止のフェンスもいらないと思う？　もしも電車が通学路のすぐ真横を走っていたらどうかしら？　危ないって、そう思うわよね？　線路にフェンスが張られているのは、もちろん危ないからなのよ。

車も電車も危険であることには変わりないのに、車だけが薄い鉄の板一枚で仕切られた空間を走っている。道路によってはガードレールさえなく、地面に白線が引かれただけの場所だってあるわ。そんなの、どう考えてもおかしいでしょう？」

答えられる者はいない。黙ったままアイラの主張を聞いている。

「車の性能向上や道路の整備もいいけど、車の数を減らすことが一番手っ取り早いし、根本的な解決につながるわ。

それに、代わりに増やすバスやタクシーの運転手は運転のプロ。一般人よりもはるかに事故率は低い。この点から言っても交通事故が減少するのは間違いのないことだわ。

その分だけ事故死者をひとりでも減らすことができる。もしかしたら十人かもしれない。百人かもしれない。あるいは千人、もしかしたらもっと多くの命を救えるかもしれない。その方法が目の前にあるのにやらないなんて、アタシにはできない。年間約五千人という死者数から目を逸らすことはできないんだわ」

アイラの言葉が途切れる。残響が体育館に響き渡った。

桜井は気づかないうちに奥歯を噛みしめていた。

交通事故は忌《い》むべきものであり、死者を減らすべきだというアイラの主張に間違いはない。否定は不可能だ。

そこを否定すれば「人間なんて死んでもいい」と主張することになってしまうからだ。

ディベートの中でも「最も正しい正論」のひとつと言える。

しかし、桜井にとって重大なのはそんなことではなかった。

車がなければ、事故がなくなれば。そう主張するアイラの言葉は、桜井の心の暗い部分に響き渡る。

いまさらもう車に対して恨みはない。なのに、押し殺したはずの心に暗い感情が忍び寄る。

この足さえまともなら。

あの事故さえ起こらなければ。

もしも車がなかったとしたら、そうしたら自分は――

ありもしない未来を想像してしまう。本当はもっと楽しかったのではないか。際限のない問いかけを繰り返してしまう。

浮かぶ思考を強引に打ち消した。

受け入れるしかない。本当はもっと楽しかったのかもしれなくても、過去は変えられないのだから、現状で満足するしかない。

それに今はディベート中だ。

車は現代社会にとって必要だと主張しなければならない。

アイラは体育館の隅々にまで響き渡った声が消えるのを待ってから、再び話しはじめた。

「さて、二つ目のメリットね。それは、交通量の減少よ。

日本の道路事情は、実はとっくに破綻しているのよ。

信号の待ち時間や、各地で起こる渋滞など、車を使っているために起こる時間の浪費は数え切れないわ。道路の数に対して、車の台数が多すぎるのよ。都心に集中しているのも問題よね。

本当に必要な車だけが道路を利用すれば、消防車はより早く現場に到着できるし、配達の遅延もなくなる。ピザも五分以内に届くわよ。

自家用車なんて不要よ。そもそも、本当に必要な機会なんて年に何回あるのかしら。利用するといってもせいぜいコンビニが遠いとか、駅まで三十分かかるとか、その程度でしょう。

そんなのバスの本数を増やせば解決する問題だわ。

なんならタクシーを使ってもいいわよ。実際、家を何日も空けるような旅行をする場合は、駅まで車で行かずにタクシーを利用するでしょう。決して珍しいことなんかじゃない。

車がなくなれば貿易摩擦がどうしたとか、車メーカーがどうしたとかいわれるんだけど、そんな既得権益に群がる連中のことなんか聞く必要はないわ。大切なのは、アタシたちの安全でしょう。

以上の理由から、肯定側は日本国政府はすべての自家用車を禁止すべきであると提案するわ。

これで肯定側の立論は終わりよ。みんなの清聴に感謝します」

輝く金髪がふわりと舞い、頭を下げる姿勢さえ優雅に映る。

ステージをあとにし、席に座り、本郷が再びマイクを手に取るまで、誰も口を開かなかった。

「素晴らしい演説をありがとう九重崎愛良君。

続いて否定側の立論に入る。否定側の代表者は前へ」

ふたり組といっても、前に出て演説できるのはひとりだけだ。

「最初は俺が行きます」

桜井が声を上げる。橘が不安そうに見上げた。

「桜井君……」

「大丈夫だ。心配するな」

確かにアイラのスピーチはさすがだった。桜井自身も、同じレベルのものができるとは思っていない。しかし演説の上手さだけがディベートの勝敗を決めるわけではない。

「自分にできる全力を出す。最初からそのつもりだっただろう」

「あ、はい。そうでしたね……。桜井君、がんばってください」

桜井は手を挙げて応え、ステージの中央に立った。

「では否定側の立論に入る。時間は八分だ。では、はじめ」

マイクを手に取る前に、桜井は軽く深呼吸をした。スタートの合図と同時に話しはじめるのではなく、あえてワンテンポ置くことによって気持ちを落ち着かせる。

静かな心持ちで口を開いた。

「皆さん、今日はお集まりいただきありがとうございます。ディベート部一年、桜井祐也です。お忙しい中ではありますが、よろしくお願いします」

アイラにならって、観客とジャッジの両方に頭を下げた。

物事の基本はあいさつだ。アイラでさえ、はじめと終わりのあいさつだけは丁寧な言葉で話す。

「さて、私たち否定側は、肯定側の提案である『日本国政府はすべての自家用車を禁止すべき』に反対します。

主張するメリットはどれも効果が薄く、社会を混乱させるだけのデメリットしかありません。

反対側が主張するデメリットはふたつあります。ひとつ目は、車がなければ地方の人ほど不便になるからです。

地方ではとなりのコンビニまで歩いて三十分なんてことも当たり前。ちょっと醤油が切れていた、なんてときにまでいちいちバスやタクシーを利用しなければならないなんて面倒なだけです。しかも自家用車なら自分たちだけで利用できるのに対し、バスが満員となれば、あの押し込められる苦痛を味わわなければならなくなります。どうしてそのような苦痛を味わわなければならないのでしょうか」

一度言葉を区切る。

館内は沈黙で満たされていた。アイラほどではないが、皆聞き入っている。桜井は手応えを感じた。

「ふたつ目が貿易摩擦です。

自家用車を禁止にすれば、当然輸入量は減るでしょう。各国の反発は必ず起こります。しかもその上、車は日本の重要輸出品です。自国への輸入は制限しながら、輸出は今まで通り自由に行う。一方的な輸出が各国の反発を招くことはすでに何度も経験してきたことです。同じ過ちを繰り返せば、特別関税や輸入制限、不買運動などを招くことになります。そうなればメーカー各社は大打撃を受け、再び多くのリストラが行われるでしょう。

それに、贅沢品としての乗用車がなくなれば、国内の需要が減少するのは確実です。影響は何万人にも及ぶでしょう。正確な数値は出せませんが、年間三万人を超える自殺者がさらに増加することは確実です。

以上の理由から、肯定側の提案によって多くのデメリットが生じることがわかってもらえたと思います。よって、否定側は肯定側の提案に反対します。

これで否定側の立論を終了します。皆様、ご清聴ありがとうございました」

礼をして席に戻る。

これで双方の意見が出そろった。ここまではまだ小手調べですらない。

ディベートが討論《ディベート》となるのはここからだ。

「では肯定側の反論に入る。時間は四分だ。九重崎愛良君、前へ」

美しい髪をひらめかせてアイラがステージの中央に立つ。

口元に容赦のない笑みをたたえていた。

「みんな、再びこんにちは。これより肯定側の反論をはじめるわ」

反論の際にはいくつかの注意点がある。

それは、相手の立論に対する反論のみの発言が許されるということだ。前回の立論で述べ忘れた主張などをこの場で補足することはできない。

ディベートでは、ジャッジは完全に中立的な立場を取る。ディベート内で述べられなかったことは、たとえそれが常識的な内容であったとしても、判断の対象にはならない。そのため反論しなければ、その主張は百パーセント認められてしまう。

相手の主張がどんなにありえない内容であったとしても、反論しなければ、それは「反論できなかった」とみなされ、相手の主張を認めたことになってしまうからだ。

「否定側はアタシの提案を否定したようだけど、まったくの的外れな意見ばかりだったわ。それを今から証明してあげましょう」

挑戦的に微笑む。

それだけで、前回の演説で心を奪われた者は、再びアイラの声に聞き入ってしまう。

圧倒的な存在感に息を呑んだ状態で堂々と力説されると、まるでアイラが正しくて自分が間違っているかのように錯覚してしまう。

気圧《けお》されれば心が折れる。桜井は全身に力を入れて、アイラの話す内容だけに集中した。

「まずはひとつ目。地方の人ほど不便になるってことだったわね。でも本当にそうかしら？」

アイラの疑問に桜井は困惑した。

そんなの、誰だって面倒だと感じるはずだ。そこに対しての否定はできないはずだった。

「ちょっと醤油を買いに行くのが面倒なら、ネット通販を使えばいいんじゃない？」

「あ……」

ガン、と頭を殴られたような衝撃だった。

面倒ならネットで買えばいい。まさにその通りだ。それですべて解決してしまう。

桜井の主張は、ちょっとした買い物にまでバスなどを使うのが面倒くさい、というのを根拠にしている。そこを崩されてしまうと、桜井の主張は根本から否定されたことになる。

せめて買い物以外にも、ちょっと遊びに行ったりするのも面倒になる、と付け加えておけばまだ助かる道はあったかもしれない。

しかしすでに立論の時間は終わってしまった。新たに主張を付け足すことはできない。

桜井の主張は、最初の一言で完全に崩壊した。

「今はネットが発達している時代よ。通販でなんでも買えるし、醤油ひとつでもその日のうちに届けてくれるサービスだってあるわ。ちょっと醤油がほしかったら、ネットで頼めばいいのよ。

それに、車を運転するほうが大変じゃないかしら？　ガソリン代だってかかるし、急げば事故に遭いやすくなる。余計な心労を減らすという意味でも、自家用車の撤廃は事故を減らすことにつながるわ。

そういえばバスが満員になると混雑するとかなんとか言ってたけど、それは今の台数が少ないからでしょう？　数を増やせば解決する問題だわ」

知らずのうちに桜井は拳を握りしめていた。

バッサリと切り捨てられた。完全否定されたといってもいい。

観客とジャッジのほうを向いているためアイラの表情は確認できないが、勝ち誇っているに違いない。

「次にふたつ目、貿易摩擦が起こる、だったっけ？　ちょっと考えれば、これも起こらないことくらいすぐにわかるわ」

そんなはずはない。

叫び出したかったが、もはや桜井の中に自信と呼べるようなものは残されていなかった。

「自家用車の輸入が減るといっても、かわりに公用車の輸入は増えるわ。タクシーだって、元は自家用車を改造したものだもの。それに個人営業の営業車だって自家用車をそのまま使うでしょう。数が減るといってもまったくなくなるわけじゃないし、総輸入台数にも大きな変化は現れないわ。

それは国内向けでも同じこと。メーカーだってバカじゃないもの。多少売れ筋商品が変わったくらいなら、さっさとそれに対応して生き残るわ。

ガソリン車が売れなくなったからといって、どこかの企業が潰れたのかしら？　ハイブリッドや電気自動車を作って、むしろ業績を伸ばしているのが現状でしょう。

ピンチにただオロオロしているだけの企業なんて、なにもなくてもどうせそのうち潰れるわ。ピンチをチャンスに変えられる企業こそ本物の企業よね」

もはや桜井は前を向いていられなかった。是非もない、完全な否定だった。

「以上の理由から、否定側の主張がまったくの的外れで意味を為さないものであるということが理解してもらえたと思うわ。

これで肯定側の反論を終わります。みんなの清聴に感謝するわ」

桜井は黙って聞いていた。頭の中がぐちゃぐちゃに煮えたぎっている。冷静になれと言い聞かせていなければ、叫びだしてしまいそうなほどに恥ずかしかった。

次は否定側の反論だ。同じ人が続けて話すことはできないため、橘がステージに立つことになる。

桜井は反論の要点をまとめたメモを橘に渡した。話す内容自体は、最終的には橘が決めるのだが、その手助けにはなるだろう。

それが精一杯だった。声を失ったまま拳を握りしめる。

問題はそれだけではない。

立論を二度繰り返すことができない以上、どんなに否定されたとしても、桜井たちは今の主張を繰り返すしかない。

完全否定された立論を立て直すことが容易ではないのは、言うまでもないことだ。

どうしてもっとよく考えなかったのか。どうしてもっとまともなことが言えなかったのか。

車なんてなくなればいい。そう思っていたことを否定できない。その思いが、無意識の内に手を抜かせてしまったのではないか。

後悔と共に絶望が胸を埋めていく。やはり勝つなんて無理だったのか。あきらめる思いが広がっていく。

「続いて否定側の反論に入る。橘詩織君、前へ」

橘が席を立ち上がる。

なにかを言った気がしたが、桜井の耳には入らなかった。

橘がステージの中央に立つ。

桜井はのろのろと首を起こし、視線を前へ向けた。

そのときになってようやく、自分がミスを犯したことに気がついた。

橘の足が震えている。唇は青く変色し、前を向いたまま目の焦点がぼやけていた。

立論には橘も関わっている。アイラの反論にショックを受けていたのは桜井だけではなかった。

追いかけようにもすでに遅い。本郷が声を響かせる。

「否定側の反論をはじめる。時間は四分だ。では、はじめ」

橘は黙ったままだった。マイクを握りしめ、口の前までもっては来るものの、震えた唇のせいで声にならない。

桜井は自分の愚かさを心中で罵《ののし》った。

気弱な橘は、緊張とプレッシャーを人一倍感じていたはずだ。それくらい知っていたのに、橘のことを気にもかけず、自分の恥に耳をふさいでいるばかりだった。

聞き取れなかった言葉が胸を締めつけた。

アドバイスを求めたのかもしれない。助けを求めたのかもしれない。いずれにしろ、桜井は無視した。橘を突き放したのだ。

アイラの反論の直後にステージに立つ橘こそ一番辛いはずなのに。

しかもそれだけではない。

アイラの「交通事故死者を減らすべきだ」という主張に対しての反論は不可能だ。

橘はステージの中央で立ち尽くしていた。たったひとりで、なにを話せばいいのかもわからないまま、泣きそうに顔を歪めていた。

「俺は……どうしていつも……っ！」

握りしめた拳を振り上げる。

いつもいつも必要のないことばかり口走って、本当に必要なことはなにひとつ言えない。

落とすべき場所を見つけられないまま、唇を噛みしめた。

いつまでも話しはじめない橘を不審に思ったのか、観客からどよめきが起こりはじめた。

橘の顔がさらに白くなる。マイクを持つ手が垂れ下がった。

握りしめ振り上げた拳を、桜井はゆっくりと下ろした。

今ここで悔やんでいるばかりでは、同じ過《あやま》ちを繰り返すだけだ。橘のためにできるなにかをしなければならない。

思ったときにはもう手が動いていた。

机の上のペンを払い落とす。床の上で飛び跳ね、思っていたよりも大きな音を立てた。

「あっ、すいません——」

桜井は謝りながら、ペンを拾うため机の前に飛び出る。その途中で橘を見た。橘もまた桜井を見ていた。

ステージの中央にだけ届く声で言う。

「——大丈夫だ」

反論は二回行われる。ここでしくじってもまた次がある。だから気にしなくていい。大丈夫だ。

伝わったかはわからない。

言葉は一瞬で、ペンを拾うのは十秒とかからなかった。

席に戻り、祈るような気持ちで橘を見る。

橘が、震えた唇を強く引き結んだ。ぼやけた瞳が光を取り戻し、一度だけうなずいてみせる。

マイクを再び持ち上げ、決然と前を振り返った。

「皆様こんにちは。ディベート部一年、橘詩織と申します。今日はよろしくお願いいたします」

マイク越しでもハッキリと伝わる、力強い声だった。

橘のクラスメイトがいたら、こんな声も出せたのかと驚いているだろう。

「肯定側はふたつのメリットを提示しましたが、どちらも効果は薄いものでした。それを今から説明致します。

まずはひとつ目。交通事故が減るということでした。ですが肯定側は、車の総量に大きな変化はないと主張しました。車の数が減らないのなら、事故の数も減りません」

明瞭《めいりょう》な言葉でハッキリと言い切る。

「それに、車の安全基準も年々厳しくなり、それにあわせて安全技術も日々向上していきます。最近では、前方の障害物を検知して、危なくなったら自動でブレーキをかける装置が開発されていると聞きました。

年間の事故発生件数は、ここ数年は減少傾向にあります。事故の微少な減少なら、現状でも十分に対応できているということです。

毎年発生している交通事故を減らすべきだという肯定側の主張には賛成いたしますが、肯定側の提案した政策では事故発生件数を減らす効果は期待できません」

手短に素早く主張する。

反論の時間は四分と短い。最初のもたつきのせいでロスした時間を取り返さなければならなかった。

それがかえってプラスに働いていた。余計な説明を省くことで、話すまでもない当たり前のことを言っているような凄《すご》みを帯びている。

今や橘の演説は、アイラに匹敵する影響力を持っていた。

「続いてふたつ目の主張。交通量が減るという主張ですが、これも同じです。自家用車が減った分を公共機関の増加で対応するのですから、車の数に大差はありません。当然、交通量にも大きな変化は現れないでしょう。

そもそも渋滞が起こるのは、国民が使用しているからです。それに対応しようとしてバスを増やせば、今度はバスで渋滞が起きます。かといってバスを減らせば、待ち時間が増えたり、車内が混雑して窮屈になります。

交通量が減ることはなく、渋滞も緩和されないのに、前より不便になってしまう。肯定側の主張するメリットは発生せず、デメリットばかりが生じます。

以上の理由により、肯定側の提案する政策に反対いたします。

これで否定側の反論を終わります。ここまでのご清聴、ありがとうございました」

深々と頭を下げる。

堂々とした演説に、桜井は心の中で拍手を送った。

戻ってきた橘が桜井の横に座る。本郷の声が響いた。

「見事な演説をありがとう橘詩織君。

では、続いて肯定側の再反論、および総括に入る。時間は四分だ。九重崎愛良君、前へ」

アイラがステージの中央へと向かう。視線が一度だけ橘を見た。嘲笑《あざ》うのでも邪な笑みを浮かべるのでもない、賞賛する視線だった。

「あの、桜井君……」

橘の手が制服のすそをつかむ。

「さきほどは、ありがとうございました」

かすれるような声だった。堂々と演説したさっきまでの態度はどこにも見あたらない。

「私ひとりだったら、きっとなにもできませんでした。桜井君のおかげで勇気がもてたんです」

「俺はなにもしてないよ。本当になにもできなかった。こっちこそ、ごめん」

軽く頭を下げる。橘が慌てて手を振った。

「いえ、そんな。私は、なにも……」

「いいから気にすんな。それにまだ終わってないんだ。ありがとうは勝ってからにしようぜ」

「そうですね」

くすくすと、小さな笑い声がこぼれる。それから小さな声で付け加えた。

「一緒にいてくれたのが桜井君で、本当によかったです」

「そうか？　俺なんか全然――」

「そんなことないです！　桜井君は、本当に――」

声を上げた橘は、まだディベート中だったことを思い出して顔をうつむかせた。

「私にとっては、本当に……その…………」

耳まで赤くなった顔をうつむかせて、消え入るようにつぶやく。

緊張の糸が切れてしまったのかもしれない。

「なんにしろ、橘の出番は終わりだからな。おつかれ。あとはゆっくり見ててくれ」

「……はい、ありがとうございます」

橘がはにかむような笑みを見せた。

ステージの中央では、今まさにアイラが演説をはじめるところだった。

「これで会うのも三度目になるわね。みんなこんにちは。これで最後になるけど、ここまで聞いてくれたことに感謝するわ。

さてまずは、反論に対する再反論を行いましょう」

再反論の際の注意点は、反論のときとほぼ一緒である。

認められているのは「反論に対する反論」のみであり、立論に対する反論はここでは認められていない。あくまでも再反論のみである。そのため立論の再構築《リビルド》と呼ばれることもある。

大きく違う点があるとすれば、再反論と総括が同時に行われるのに、時間は四分と変わらないところだろう。その分だけ的確で短い反論が要求される。

「まず、否定側は事故数は減らないと言っていたようだけど、それは間違いよ。事故数は必ず減少するわ。

最初に述べたように、自家用車に代わってバスを運転するのは、普通免許よりも厳しい試験を通った運転のプロ。当然事故率は低いのだから、発生件数は減るでしょう。それに、仮に微減だったとしても、たったのひとりしか減らなかったとしても、そのひとりの命を救うことができるのよ。それだけでも実施する意味は十分にあるといえるわ。

次に、交通量は減らないという反論だったけど、これも間違いよ。バスは他の自動車と違ってルートが決まっているわ。分単位でスケジュールを組むことだってできる。渋滞の緩和には大いに役立つでしょう」

さすがに手慣れた反論だった。自分の言うべき内容だけをすらすらと述べていく。

「さて、ここまで肯定側と否定側、両方の意見を聞いてきたわけだけど、大事なのは一点だけよ。

それは、アタシたちの命はひとつしかないということ。

大切なのは交通事故をなくすことであり、死者を減らすことよ。

自分には関係ない、なんてことはないわ。いつ巻き込まれるかわからないのよ。それに被害に遭うのが自分とは限らないでしょ。家族や友人の可能性だってある。事故に遭ってからじゃ遅いのよ。巻き込まれる前に対策をする。それが基本でしょう。

これは、日本や世界なんていうスケールの大きな話と思うかもしれないけど、実はそうじゃない。アタシたちひとりひとりのための話なの。

年間五千人あまりの命が失われる社会か、保護された安全な社会か。どちらに住みたいのかは、言うまでもない話よね。

これで肯定側の再反論、および総括を終わるわ。また、以上をもって肯定側の全発言は終了よ。ここまで聞いてくれて、本当にありがとう」

アイラが頭を下げる。金色の髪がふわりと舞った。その立ち居振る舞いは堂々としていて、自分の勝利を疑っていない様子だった。

「ありがとう九重崎愛良君。

続いて否定側の再反論、および総括に入る。時間は四分だ。桜井祐也君、前へ」

現状では、否定側が圧倒的に押されている。どこまで挽回できるかわからないが、泣いても笑っても、これが最後の発言だ。

アイラに認められたい。その思いは変わらない。

けれども、今はもうそれだけではなくなっていた。

自分の失態を取り戻すためにも、橘の頑張りをムダにしないためにも、ここで恥ずかしいディベートはできない。勝つにしろ負けるにしろ、前を向いたまま堂々とやり切ってみせる。

桜井は決意をこめて立ち上がった。

わずか四分にすべてを賭けて、桜井はステージへと向かう。

「お集まりいただいた皆さま、ジャッジの勇人さん、本郷部長。これまでありがとうございます。これが最後の発言になりますので、どうか最後までおつきあいいただけたらと思います」

思いをこめ、決意の視線で前を向く。

「まず最初に再反論を行います。

肯定側は、ネット通販を利用すれば自家用車がなくても不便にはならないと反論しましたが、それは誤りです。

ネットで注文するのは簡単かもしれませんが、実際に到着するには時間がかかります。注文が混雑している時間だと、さらに遅れるでしょう。ピザの配達のように何十分とかかることも考えられます。風邪薬など、本当に必要なものが今すぐ欲しいとなったとき、それでは困ります。

ネット通販は万能ではありません。限界があります。不便になるのは避けられません。また、貿易摩擦は起こらないと反論されましたが、これはありえません。必ず起こります。

輸入総量に大きな変化がなくても、一方的な輸入制限は各国の反発を招きます。報復関税の発動や輸出入の制限などを受ければ、国内のメーカーが受ける損失は計り知れません。

それに売れ筋商品を変えればいいといっても、工場の生産ラインがすぐに対応できるわけではありません。すでに生産された分が売れなくなってしまえば、大きな在庫を抱えることになってしまいます。社会全体が大きなダメージを負うでしょう」

ここで一度言葉を区切った。

桜井はこのあとの総括に勝負を賭けていた。

総括とは、お互いの意見をまとめるだけ、と思われがちだが、そうではない。

互いの意見の争点をあぶり出し、どの点で自分たちが勝っているかをアピールするための時間だ。

ディベートのジャッジに明確な基準というものはない。どこに判断基準を持ってくるか、ジャッジの判断にゆだねられている。

ある基準で判断をされると負けてしまうが、別の視点から見れば自分たちが勝っている……そういうときにこそ、総括は大きな効果を発揮する。

相手の土俵で勝てないのなら、自分の土俵に引っ張り込む。それが桜井にできる最後の戦略だった。

「交通事故の対策は大事でしょう。ですが、安全技術は日々研究されています。事故数も、技術の向上と厳罰化の影響で、毎年減少傾向にあります。今でも対策は十分に行えているのです。

肯定側は、今回のディベートは私たちひとりひとりの問題だと述べました。確かにそうでしょう。

ですが、私たちが未来のためにするべきことは、交通事故を減らすだけではありません。景気を回復させ、破綻に向かう年金を立て直し、安定した政治を作り上げる必要があります。

将来に対する不安をひとつひとつ取り除き、私たちがひとりでも多く幸せになるための社会を作らなければならないのです。

肯定側が提案する政策では現状と変わることがないのに、デメリットがあまりにも大きすぎます。ひとりを救うために、国益も国際的信用も、すべて捨てて良いものなのでしょうか。もちろんそんなはずはありません。肯定側が提案する政策は、日本崩壊の引き金となる、世紀の愚策と呼べるでしょう」

強い決意で言い切った。

胸を張って演説すれば、ウソが真実となるときもある。アイラの得意技だった。

「対策は重要ですが、別の案にするべきであり、肯定側が提案する政策は到底受け入れられないことが皆さんにもわかってもらえたと思います。

これで否定側の再反論、および総括を終わります。そして、以上をもって否定側の全発言を終了します。ご清聴ありがとうございました」

言葉と共に深く頭を下げる。

今の桜井にできるすべてをやり切った。

知恵を振り絞り、勇気を振り絞り、たとえ拙《つたな》くても、これが今の桜井にできる正真正銘、全力のディベートだ。

空っぽの気力でどうにかマイクをスタンドに戻す。

運動したわけでもないのに身体が重かった。頭の奥に痺れるような疲労感がある。全身を包む気怠《けだる》い感覚が心地よかった。

浮ついたような意識の中で思い出す。もうずいぶん前のことだから忘れていた。

そうだ。これこそが、もう得られないと思っていた、足りなかった「なにか」だ。

この足さえまともなら。

あの事故さえ起こらなければ。

もしも車がなかったとしたら、そうしたら自分は——ディベートに出会えなかっただろう。

普通の部活に入って、普通の毎日を繰り返して、郡山や新村と共にありふれた日常を過ごしていただろう。

本当はもっと楽しかったのではないのか、などとはもう思えなかった。

確かな充足感を胸に感じながら、桜井はもう一度頭を下げた。

「本当に、ありがとうございました」

感謝の言葉は、静かにこだました。


「ありがとう桜井祐也君。また、九重崎愛良君と橘詩織君にも改めて礼を言おう。以上をもって今回のディベートを終了する。互いに白熱した、素晴らしいディベートだった」

いつもの淡々とした声ではない。本郷にしては珍しく、感情のこもった言葉だった。

「続いて勝敗のジャッジに入ろう。九重崎勇人君」

マイクが勇人に渡される。今までずっと黙っていた勇人が、ようやく口を開いた。

「では今回のディベートを軽く振り返る。

否定側は肯定側の主張に対して反論を展開し、メリットを否定できていた。

対して、肯定側の反論は一応あるものの、否定側が主張するデメリットを否定し切れておらず、別の案にするべきという否定側の主張を受け入れる形となっている。よって、今回は否定側に一票を投じる」

もともと勇人は今回の勝負の仕掛け人だ。あからさまな不正はしない、とは思うが、おそらくは否定側に入れるだろうと予想していた。

「死ねばいいのにあのヘタレ」

アイラが低い声でつぶやいている。桜井は聞かなかったことにした。

マイクが本郷の手に戻る。

「では、次は私の評価を述べよう。

肯定側の、事故数が減り事故死者数も減る、というメリットはディベートが終わった段階でも生きたままになっている。それに、人の命が最優先であるという肯定側の主張には矛盾もなく、優位性を失わせるような否定も為されていない。これが否定側の主張するデメリットを上回っているため、『社会全体の未来よりも、人の命を優先すべきである』という主張に説得力が生まれている。別の案でもいいが、肯定側の主張する案でも十分メリットはある、という状況だ。

よって、私は肯定側に投票しよう」

声が響き、静寂が訪れた。どこかで誰かがつぶやく。

「……あれ、同点になったぞ」

「引き分けってこと？」

観客がざわつきはじめる。

しかしディベートに引き分けはない。必ず勝敗を付けなければならないのが競技ディベートのルールだ。

「最後の一票は観客に決めさせればいいだろう」

勇人の声が、染み渡るように響き渡った。

「これだけギャラリーがいるんだ。奴らに聞いてみるのも面白い」

「ふむ。それも一興か。本来ディベートとは政策論争のもの。民衆が参加する権利もあるだろう」

本郷もうなずいている。アイラが肩をすくめるような動作をした。

「部長まで賛成するんじゃしょうがないわね。桜井クンたちもいいかしら」

もちろん桜井たちにも異存はない。

はじめからそのつもりで、体育館が会場となる今日を決戦の日と決めていた。

「聞いていただろうか。ジャッジによる投票が同数となったため、最後の一票を今この場にいる皆に決めてもらいたい」

思ってもいなかっただろう展開に観客がどよめく。

「では、肯定側が勝ったと思う者は拍手を」

本郷の声が響く。

戸惑うような一瞬の間を置いて、わっと拍手が沸き起こった。

響く歓声に桜井は立ち尽くす。

体育館内にはすでに多くの生徒が詰め掛けていた。ざっと見ても百人以上はいる。その大半が手を叩いているように思えた。

背筋を冷たいものが流れていく。めまいに似た感覚を、かろうじてこらえた。

負けた、と決めるにはまだ早い。

桜井は生徒たちからあえて目を逸らした。数えて結果がわかってしまうのが怖かった。

大丈夫だ。まだわからない。そう言い聞かせることでかろうじて立っていた。

本郷の声が静かに響く。

「なるほど、ありがとう。では、否定側が勝ったと思う者は拍手を」

桜井は祈った。今だけでいい。人生の中で運の総量が決まっているのなら、残りのすべてを今ここで使っても構わない。だから、この一戦だけに、ただ一度の勝利を。

思いつくすべての存在に祈る。

答えは、静寂だった。

「……うそ、だろ」

誰も手を叩かない。聞いていないのではなかった。皆ステージに注目している。

問われていると知りながら、誰も動こうとしない。

その意志はもはや明確だった。

自分たちは負けたのだ。

視界が歪んだ。足が震えた。鈍い音が聞こえた気がする。自分が立っているのか、膝を突いたのか、それすらもわからなくなった。

百パーセント勝てると思っていた戦いじゃない。勝負の途中であきらめそうになったほどだ。負けることも覚悟はしていた。

だけど、誰もいないのか？

誰ひとりとして先輩の勝利を疑ってもいないのか？　そこまで圧倒的なのか？　となりに並ぶなど、夢にすらならなかったのというか？

「そんな……」

橘が青ざめた表情で声をこぼした。

桜井にはもうつぶやく気力さえ残されていない。

勝てるかもしれないと、認めさせてやると、生意気にも思ってしまった。

その報いが、痛いほどの静寂となって桜井たちを蝕《むしば》んだ。

アイラがほくそ笑んでいる。ろくでもない笑みだ。

土下座をして謝れば……。

その考えが脳裏をかすめるが、桜井は首を振って打ち消した。

ダメだ。それこそ情けない。こうなっては潔く負けを認めるしかないだろう。

パチパチと脳裏に音が響く。泡の弾けるような音だった。

なんの幻聴かと顔を上げる。

パチパチと、観客の最前列から音が響く。

そこにいたのは新村だった。桜井と別れたときの制服姿のまま、最前列で手を叩いていた。

続くように別の拍手が響き、合わせるように複数の拍手がこだまする。やがて、打ち鳴らされる手の音に体育館中が震えた。

勝ったのだ。

桜井はしばらくそれを理解できなかった。

あとで聞いたところによると、拍手が鳴りはじめるまでに数秒もかからなかったという。すぐに万雷《ばんらい》の音に包まれたそうだ。

「ま、しかたないわね。二回拍手してる人がいるとか、みんなちゃんとルールわかってるのとか、色々言いたいことはあるけど、負けは負けだわ」

負けたにしては、アイラの表情は晴れやかだった。

「約束だからね。なんでも言うことを聞くわよ。なんでも、ね」

アイラの艶やかな声に、体育館中が妙な緊張感に包まれた。誰かの息を呑む音さえ聞こえそうだ。

ステージ前に群がる男共の熱い視線を桜井は痛いくらいに感じていたが、その空気を読むつもりはない。

勇人としてはここからが復讐のはじまりなのかもしれなかったが、桜井と橘の願いはごく些細なものだ。

「それで、アタシにお願いってなあに？」

うっとりと熱を帯びたような表情でアイラが問いかける。きっとわざとだろう。桜井の気を削《そ》ぐつもりでいるのだ。

「はい、あの――」

アイラがどんな願いを想定しているのか知らないが、桜井が願うのはなんでもないことだ。

しかし、いざ本人を前にすると緊張して声が出せなくなってしまった。何度も唾を飲み込み、あーとかうーとか意味のない言葉をつぶやいてどうにか覚悟らしきものを固めたとき、体育館の扉が大きな音と共に開かれた。

「ここにいやがったかディベート部！」

増岡の怒鳴り声が響き渡った。いつもより三割り増しで大きな声だった。

「今日は集会の準備のはずだろうが！　貴様らもなにやっとる、さっさと仕事をしろ！」

集まっていた生徒を追い散らしていく。アイラが顔をしかめた。

「善意の生徒を装ってディベート部が美術室にいるってメールしといたんだけど、バレちゃったみたいね」

悪びれなくつぶやいている。美術部はさぞいい迷惑だっただろう。

「大丈夫よ。今は使われていない部屋を教えておいたから。誰もいない教室に向かって開けろとか叫んでたんでしょうね」

アイラがニタニタと愉快な笑みを浮かべている。

生徒をかきわけ、増岡がステージ前にやってきた。

「九重崎！　この私を散々馬鹿にしおって、今日という今日こそはたっぷりと後悔させてやるから覚悟しろ！」

騙されたということもあって、今日は一段と怒っているようだった。

「相変わらず先生は空気が読めないんですね」

呆れ混じりの言葉で、ステージの上から蔑むように見下ろす。増岡の額がピクピクとひきつった。

アイラが桜井の横に近づき、そっと耳打ちした。

「アタシがあいつを引きつけとくから、そのあいだに橘ちゃんを逃がしてあげてくれる？」

「え、でも――」

「大丈夫。ちゃんと窓から外に抜けるルートは確保してあるから。心配いらないわ」

なんでいつもそんなに用意がいいのか。

感心するひまもなく、アイラはステージの端へと駆け出した。体育館の出口とは反対方向、桜井たちから離れる形になる。

その背中を見たとき、桜井の中である予感が広がった。

アイラの背が離れていく。小さくなっていく。手の届かない遠くへと走り去っていく。

もう、会えなくなる。

「――待ってください‼」

桜井の声が体育館いっぱいに響き渡った。

アイラも増岡も驚いて立ち止まる。桜井は一歩前へと進み、増岡に語りかけた。

「すみません増岡先生。どうしても今しなければならない話があるんです。五分でいいから時間をいただけませんか？」

これ以上ないほど丁寧に頼む。増岡の答えは短かった。

「ダメに決まってるだろうが！」

「いえ、五分だけでいいんです。それくらいでしたら準備の邪魔にもなりませんし――」

「ダメだと言っているだろう！　お前らは自分たちのしていることをわかっているのか⁉　教師に意見できる立場と思うな！」

まるで話にならない。はじめから桜井の意見など聞く必要がないと決めつけているかのようだった。

「でも、ステージ上は集会の準備とはあまり関係が――」

「知ったことか！　話なら指導室で聞いてやる！」

「別に少しくらい――」

「ダメだったらダメだ！」

論理的に話そうとする桜井に対し、増岡は感情で反論してくる。かみ合わない会話に、しだいに桜井もイラ立ちを覚えはじめた。

「だいたい貴様らは学生というものを――！」

「………れ」

「……なに？　今なんか言ったか？」

「黙れって言ったんだよこのハゲ！」

「な――」

増岡が唖然として桜井を見上げた。

その表情を見て桜井も我に返る。後悔しても遅かった。

言ってしまった以上はしかたがない。桜井は腹をくくった。このまま押し切るしかないだろう。

「先生は、俺たちが準備の邪魔だからステージからどけというんですよね？」

「当然だろう！　そのために体育館を使用禁止にしているのだし、現にお前たちのせいで作業は止まっていただろうが！」

「でもステージ上の準備は終わっていますよ。テーブルとマイクを並べるだけですから。でしたらここでディベートをしても作業の邪魔にはなりませんよね？」

「ダメに決まっているだろう！　うるさくて作業の邪魔になる！」

「ではディベートをせず、静かにしていれば作業の邪魔にならないのですね」

「なっ――！」

増岡が絶句して声を詰まらせた。

桜井にはニヤリとする気も起きない。こんな簡単に引っかかっては面白くもなかった。

橘だって論点のすり替えに気がついただろう。

「そっ――そんな屁理屈が通るか！　とにかく出て行け！」

これ以上は会話にならないようだった。腕を振り回してとにかく出て行けと連呼する。

あきらめるしかないかと桜井が思ったとき、増岡の背後から近づく人影に気がついた。

「先生ちょっとすいません、聞きたいことがあるんすけど」

郡山だった。増岡の手をつかみ、強引に出口へと引っ張っていく。

「な、なにをする！　貴様もディベート部の味方をする気か⁉」

「違いますよ。少しだけ聞きたいことがあるんです。来年の学級委員についてちょっと」

「なんで来年の学級委員を今、気にする必要があるんだ⁉」

その怒りはもっともだと桜井は冷静に思った。

「まあまあ、その話は外でゆっくりと」

郡山と、さらに別の男子生徒も加わって増岡を外に引きずり出していく。よく見るとソフトテニス部で郡山とやけに話の弾んでいた奴らだった。あいつらほんと仲いいな。

「おいっ、ふざけるなっ、やめ――！」

増岡の声が遠くなっていく。

扉が閉まる直前、郡山の腕が高く伸び、親指を立ててみせた。

閉じた扉に向けて桜井はうなずく。ここまで来たらもう覚悟を決めるしかない。

顔を上げアイラを振り返る。

「桜井クン、いい友達持ってるじゃない。うらやましいわね」

「ただのバカですよ」

きっぱりと言い切ってから、しかたがないので付け加えてやる。

「バカだけど、いいやつです」

「そうね」

アイラが小さく微笑んだ。

「それで、今でないといけない大事な話っていうのはなんなのかしら」

「あ、はい。ええと、その――」

郡山が増岡を押さえていられる時間は長くないだろう。だというのに、この期に及んでも上手く回らない自分の口が恨めしかった。どうでもいいことは口走ってしまうくせに、肝心なことになると言えなくなるのはどういうわけなのか。

「あの、つまり、先輩が外国に行くのをやめてもらえないでしょうか……?」

たったそれだけの言葉なのに、桜井は全身のエネルギーを使い切った気分だった。

アイラがきょとんと聞き返す。

「話って、そんなこと……？」

「そんなことなんかじゃ……！」

叫びかけた言葉を呑み込んだ。

アイラは本心から驚いたようだった。からかうでもなく、純粋な疑問としてたずねてくる。

「アタシとそんなに離れたくなかったの……？」

言葉にこそしなかったが、つまりはそういうことだ。言い訳なんてなにひとつ思い浮かばなかった。

「よろしくお願いします！」

頭を下げるふりをして熱くなった顔を隠した。体育館内にはまだ多くの生徒が残っている。恥ずかしくて死にそうだった。

「橘ちゃんも？」

「は、はいっ。私も、アイラ様のそばにいたいんです。わがままなことは重々承知していますが、どうかよろしくお願いします……！」

桜井と同じように頭を下げる。

アイラはしばらく声を発しなかった。

「そうなの。ふたりともそこまでアタシのこと……。うれしいわ。すごくうれしい。でもね——」

アイラが言葉をためらう。

桜井は背筋が震える思いだった。

「——ダメなの。そのお願いは聞いてあげられないわ」

「どうして……！」

「アタシにできることならなんでもするわ。本当よ。ここに集まっている男子が期待しているようなことでもするつもりだったんだから。

でもね、外国に行くのはアタシが決めたわけじゃないの。もう何年も前にアタシの両親が結婚する条件として決められたことなのよ。いくらアタシでも、そこまで重要な約束を自分の都合で破るなんてできないわ。ごめんね」

「そんな……どうして……」

いつだって自分の好きなことだけをしてきたはずではなかったのか。誰の意見にも流されなかったはずではなかったのか。

「行かないでください……どうして転校なんか……！　先輩にとって、俺たちはその程度の存在なんですか……⁉」

桜井の声は震えていた。頬を伝う冷たい感触で、ようやく自分が泣いているのだと気がついた。

わかっても声は止まらない。まともな思考をする余裕などなかった。思いが口から勝手にあふれ出していく。

「先輩はいつだって、自分のしたいことだけをしてきたじゃないですか。今回もそうすればいいだけじゃないですか。なのに、なんで、どうして……」

涙でもう前も見えない。思いだけを叫び続けた。

「俺、先輩がいるからディベート部に入ったんです。辛い練習も、勉強も、先輩と一緒だから楽しかったんです。やられっぱなしじゃ引き下がれないとか、走れない自分にもできるからとか、そんなの全部言い訳なんです。本当は先輩と一緒にいたかっただけなんです……!!」

涙声が体育館に響く。桜井の叫びを邪魔する者はどこにもいなかった。

静寂の中にアイラの小さなつぶやきが聞こえる。

「そっか、そうなんだ……」

アイラの声も震えていた。うつむいて表情を隠しながら、ぽつぽつと途切れがちに言葉をつなぐ。

「桜井クン、ごめんね。やっぱり、そのお願いは聞けないわ」

頭が真っ白になるような答えだった。世界が足下から崩壊していく。

「でもね、ひとつだけアタシの言い訳を聞いてほしいの」

「……イヤです。言い訳なんて、先輩らしくないですよ……！　そんなのをするくらいだったら、日本に残ってください！」

言い訳をするくらいなら自分でなんとかしてしまう。それが九重崎愛良という先輩だったはずだ。

誰よりも超越的で、キレイで、不敵な、決して後ろを振り返らない人。

それが桜井の憧れた人だった。そのはずだった。

「うん、ごめんね桜井クン。でも聞いてほしいの。だってね――」

聞きたくない。

でも耳をふさぐ気にもなれなかった。

アイラはやるといったらやる人なのだ。自分なんかでは止められない。となりに並んでもなお、自分ではアイラを引き止める理由にはなれなかった。

無力感が腕を上げる力さえ奪っていく。

アイラの言葉が桜井の耳に届いた。

それは予想もしていない言葉だった。

「――アタシ、転校なんてしないもの」

「なんでそん…………………え？」

意味がわからずに顔を上げた。

アイラはうつむいて顔を隠したまま、笑いを必死にかみ殺していた。

「外国に行くっていうのは本当よ。でも転校なんかしないわ。なんで間違ったのかは知らないけど、転校じゃやなくて、お母さんの故郷に行くだけよ」

それは、つまり。

「…………里帰り？」

「お母さんはロシアの生まれなんだけど、日本に嫁ぐ条件として、毎年子供と共に故郷に帰る約束をしたのよ。それがもうすぐってわけ」

「でも、だって、先生と海外に行く話をしてたって……」

「長距離移動の場合、申請すれば学割がきくのよ」

「……てことは、本当に転校しない？」

アイラがキラッキラの笑顔で答えた。

「当たり前じゃない。こんなに楽しいことばかり起こる学校なんて初めてよ。転校なんてもったいないわ」

これ以上ないほどの純粋な笑顔を前にして、桜井は足の力が抜けてしまった。その場に座り込んでしまう。

となりで橘が泣き出した。

「よかった……本当によかったです……」

両手で顔をおおい何度もしゃくり上げる。

それを見て桜井はようやく自分の醜態を思い出し、顔を拭った。

あんなに大泣きするなんて、本当に情けないったらありゃしない。しかも泣きながらあんな——

「…………あ」

自分が口走ったセリフを思い出して凍りつく。

あれでは、まるで、もはや弁解のしようもなく——

「ねえ桜井クン？」

アイラの声に、桜井は飛び上がるようにして立ち上がった。

「いえ、あの、その、あれは、ほんとなんでもないんで全部忘れてください！」

自分でもなにを言っているのかわからない。とにかく全力で否定した。

アイラがかすかに頬をゆるめる。

「そんな、忘れるなんてムリよ。だってほら」

携帯を取りだして見せる。

「これ、ボイスレコーダー付きなのよね」

悪魔としかいいようのない言葉を前にして、桜井は立ち尽くしたまま声にならない声で口を開閉させることしかできなかった。

鬼だ、この人は鬼だ！

「……なんてね」

イタズラっぽく舌を見せる。

「レコーダーを使う余裕なんてなかったわよ。だって、いきなりあんな……」

アイラが顔を赤くして視線をそらす。

「アタシね、自慢にもならないけど、告白された回数なら大したものなのよ。ちょっと信じられないくらいなんだから。アタシ以上に告白された人なんてそういないでしょうね」

それは自慢以外のなんでもないのだが、アイラにとってはそうではないようだった。

「でもね、それでも、あんなに情熱的な告白は初めてだった」

そう告げる笑顔はとても美しくて、桜井はこんな状況だというのに真正面から見とれてしまった。

「だからね、これはそのお礼」

アイラの両手が桜井の頬を包む。そのまま抱き寄せると——

「……あ、あ——っ！」

そう叫んだのは橘だったのか新村だったのか。

アイラの顔がそっと離れる。真っ赤な頬で照れたように笑っていた。

「初めてだったけど、やっぱり少し恥ずかしいわね」

桜井はもう、なにがなにやらわからない。わずかに残る感触だけが世界のすべてになっていた。

アイラがクスリと微笑み、甘やかな声でささやく。

「さっきの言葉、今度はふたりきりのときに聞かせてね……？」

きっともう桜井は、いわゆる普通の生活には戻れないだろう。

どこにでもある日々を繰り返して、その中から輝ける思い出を作り出していく。それが普通の青春であり、やっぱりそういう普通の中にこそかけがえのないモノがある。

それはごく些細なもので、強烈な光の下ではかすんで見えなくなってしまう。

わかったときにはもう遅い。

元に戻れるはずがなかった。

なにしろあのディベート部副部長、九重崎愛良と恋に落ちてしまったのだから。

〈了〉

あとがき

はじめまして。うれま庄司と申します。

まさか自分があとがきを書く日が来るとは、いまだに信じられません。

これがみんなの目にふれてるってことは、表紙がついて書店に並んでるってことなんだよね……？　全然実感がないなあ……。

そんな自分なので、多くの人に支えられてここまで来ました。

友人に下読みしてもらっては書き直し、編集さんに読んでもらっては書き直し、弁護士さんと相談しては書き直し……。

続編の準備も進めてはいますが、もしいつまでたっても続きが出なかったら、そのときは「ああ、小○館から訴えられたんだな」と思って生温かく見守ってあげてください。

法的にはセーフらしいのですが。びくびく。

以下謝辞です。

編集のMさん。このような作品を拾っていただき、さらには出版までさせていただきありがとうございます。

そのご恩に報いるためには、少しでも作品のクオリティを上げていく以外にないと思っています。だから何度も〆切り破ってごめんなさい。あと連絡遅くてごめんなさい。明日から本気出しますんで。

イラストを描いてくれたしらびさん。美麗なイラストをありがとうございます。はじめてラフ画をいただいたときは一日中ニヤニヤしっぱなしでした。やっぱプロってすげえんだなあと尊敬の念でいっぱいです。橘かわいいよ橘。

下読みをしてくれたRDさんとKRRNさんにもお礼を。最初とはだいぶ変わっちゃったけど、基盤となる下地が出来上がったのは二人の厳しい意見のおかげだよ。ありがとう。

それから数々のご指導と、このような機会を提供してくれた日昌晶先生にも感謝を。出版記念に高級焼き肉をごちそうしてくれると約束してから三カ月がたちますが、そろそろ期待してもいいのでしょうか……？　まさか忘れてるとかそんなことは……？

その他にも、とても書ききれませんが色々な人に助けてもらいました。みんなありがとう。

そして最後になりましたが、本書を手にとっていただいた皆様に。

ライトノベルなのにディベートを扱うというあまり例のない小説ですが、少しでも楽しんでいただけたら、そしてディベートに興味を持っていただけたのなら幸いです。

なお、本書を書くにあたって、通常のディベートではあまり見られないような定義や演出をした部分があります。

関係者が見たら激怒しかねない部分もあるかとは思いますが、これもエンターテイメントと割り切ってご容赦願えればと思います。

ではまたどこかでお会いできますことを祈って。

うれま庄司

〈装丁〉
大橋 勉（株式会社ケイズ）

〈編集担当〉
前田眞宜

スマッシュ文庫の最新情報はこちら！
http://www.php.co.jp/comics/smash/

本書へのご意見・ご感想を
お寄せください。

宛先
〒102-8331 東京都千代田区一番町21
株式会社PHP研究所 コミック出版部
うれま庄司先生
しらび先生

スマッシュ文庫

彼女を言い負かすのはたぶん無理

2010年11月24日 第1版第1刷発行

著　者 うれま庄司
イラスト しらび
発行者 安藤 卓
発行所 株式会社ＰＨＰ研究所
東京本部 〒102-8331 東京都千代田区一番町21
コミック出版部 ☎03-3239-6288（編集）
普及一部 ☎03-3239-6233（販売）
京都本部 〒601-8411 京都市南区西九条北ノ内町11
PHP INTERFACE http://www.php.co.jp/

組　版 朝日メディアインターナショナル株式会社
印刷所
製本所 図書印刷株式会社

ISBN978-4-569-67572-5